U0119709

AQUARIUS

AQUARIUS

AQUARIUS

AQUARIUS

每個人心中都有一座島嶼，

藉文字呼息而靜謐，

Island，我們心靈的岸。

鷹頭貓與音樂箱女孩

謝曉虹

【推薦序】

今天什麼都沒有發生——讀《鷹頭貓與音樂箱女孩》

言叔夏

至今我仍常翻動書櫃深處、沾滿舊灰書斑的《好黑》。那是許多年前，從舊書屋裡拾獲的香港青文書店的版本。多年以來，書頁裡夾雜的全黑書頁，隨著時間河流的澱積，變得更深更黑了。有時那些濃重的黑色裡，會方舟一樣地浮出一行未見過的字跡。字上幾個小人，在黑色的河裡跟我招手。他們要將船駛向哪裡？意義划過河面，流星一樣地消逝在遠處的光亮裡；而有時那些字，會隨著屋裡光影的變化，被漸漸沉沒入河底。好黑。邊揉著眼睛、邊下意識地發出這個單詞時，遂忍不住發笑了。像終於覺察作者隱埋在小說裡的一個輕快的詭計——這可愛的詭計無非透過文本外部物理性的各種介質，讓人抵達一個書名。我一直喜歡這個版本，勝過於它後來漂洋來台的寶瓶版本許多許多。也許是因為那些穿插錯落在小說正文旁側的另一個故事，岩洞一樣地洞開了小說的甬道；那些黑幕般忽然垂降在小說文本與文本之間的扉頁，故事裡的時間被遮蔭了；還有那些看似與正文無關、滑移開來的詩句：比如「他們最討厭我／常帶一瓶一九八二年／下午燒的開水」；比如「那一年有一扇窗在旁邊／窗裡的孩子／在深谷處玩一種遊戲／聽說最終一個／也不可能起飛」；

它們是如此地讓我迷惑，同時又具有一種關於迷失的誘惑，令人想及了九十年代末用美工刀小心割過的夏宇，一種鑽木取火式的手感。九十年代的時候，字是被一根木頭摩擦以後竄生的火光，倒映在牆上。其實我第一次讀到謝曉虹，遠在《好黑》這本書以前。是○一年的聯合文學小說新人獎（那時《聯合文學》雜誌還是大開本的橫式編排），關於一個家庭，在旅行之中紛紛脫隊離開的故事：變成蝴蝶的姊姊、遇劫而加入皮皮黨的父親、跟著流淚表演團離去的母親……還有那最終化作塵埃、被吹進風裡而再也沒有回來的祖母……故事裡的香港叫做巴巴齊。人們也搭巴車。也住大廈。小說名之為「旅行」，但隱約感覺那是一趟city tour（也許是因坐著的是雙層巴車）；在小小的城裡幾條街上晃來晃去，遂把家給晃散了。

奇怪的是，那似乎也是我有記憶以來，憑藉電影與粵語歌曲裡印象中的香港，即使它選用了一個幾近中南美洲魔幻寫實的聲腔，仍不妨礙被辨識出那是九十年代乳與蜜的流淌之地，蜂巢裡熠熠發光的金黃。那種獨屬於香港的金黃裡有一本事：彷彿再悲傷的事，都自有它孑然的輝煌；小說的最末，所有人都消失了，只剩下夢中的「我」獨自騎著單車，拐繞在巴巴齊曲折的街道上。路面反射著陽光。遠處也許還流盪著維多利亞港。旅行下去吧。繼續旅行。再找到另一些家人。「旅行」裡無論拖帶或散佚的，都是「家」的形貌。它如同流水，四方散去，八面聚攏。Be Water。

一六年的時候我才第一次去到香港。九七已遠，傘後不久。許多人驚訝於我竟沒到過「從前的香港」，沒見過香港最好的時代。香港友人告訴我：這座城的陳皮已斑駁脫落了。作為發語詞：「從前不是這樣的……」；那麼，「從前」又是怎麼樣的呢？我脫走自一個會議，獨自去到上環與中環一帶，看滿街的叮叮車纜線從空中翻出，路面軌道一直一直延伸到一條街的盡頭，無論什麼時間都雜沓來去的人潮，東方臉孔，西方臉孔……遂油生一種奇異的陌生化之感：像忽忽從中文的語法邏輯裡掉落出去，掉進了那漢字、粵語與英文音節之間的裂隙。一九年去到香港，在高樓之上，滿街的黑衣之間，看得見與看不見的訊息（多是廣東話的書面語），在空中虛線般地散射、連結（那是另一種形式的纜線）：數十萬人、一百萬人……有那樣一個瞬間，我忽然想起了《好黑》，想起那好黑的岩洞裡，陌異的語感攀爬成櫛比鱗次的岩壁；那因歷史的侵蝕而形成的語言的壺穴裡，某些時刻，或許也正棲居著避險的魚群。

寫於傘後與反送中期間的《鷹頭貓與音樂箱女孩》，像是孵胎自那好黑的岩洞。但已離那最初的、彷彿芭蕾舞者般輕盈的手工藝感極遠了。也許走得太遠的不是作者，而是時代自己。謝曉虹說，這本書是寫給這十年以來的香港的。小說的語言仍保留了《好黑》時期極強的虛構性，內裡卻充填著幾近要撐破符號的膨大現實——不同於前一個十年的《好黑》，巴巴齊裡曲折曖昧的巷弄，充滿詮釋的時差之餘裕（啊那時的我們何其奢侈）；《鷹頭貓與音樂箱女孩》裡，那些脫胎自現實的地名與事件：陌根地、先鋒黨、先鋒共和國、維利亞港……只要對香港知所一二，幾乎不必費心猜疑，都能輕易抵達它們的現實喻指——彷彿在小說的文本與現實之間，安插起一面既模糊、卻又極端清晰的毛玻璃；供人指認：那即是「香港」的「現場」。那是「此刻」，「正在發生的事」。

「此刻」的「香港」正在發生什麼？「我們」是被什麼共同沖刷到這一「此刻」？在時間下游的沖積扇上，擠挨著聚攏在這裡的人，拖帶著什麼樣各自的私史、屈辱、慾望或祝福？又是被什麼所梳理、馴化成共同體的「我們」？之於這座高效運轉、極早即已編制進現代性隊伍的城市，這部小說的裂縫正是洞開於那樣一個脫軌的、彷彿隱密春夢般的情境裡：看似正常甚至無趣的大學教授Q瞞著妻子，沉溺於與人偶的交往；小說最終的背景來到了抗爭的現場，當他被要求供出罷課革命的學生名單，那有著陰鷙臉孔的官僚男人對他說：「有時，我也喜歡做做夢，好平衡一下苦悶的現實。但夢中發生的一切，無論如何是不能侵入現實的，如今，假借我們之手，正是毀滅你做過的夢、毀滅罪證的最好時機。」

這其實已經是一個卡夫卡式的命題了。來到小說的最末幾章。關於那些「現場」的煙霧與催淚瓦斯槍，終於島一樣地浮出。幾乎是憤怒之言，小說的聲腔在此忽衝破了虛構性的薄膜，是作者投擲與十年來香港歷史的一記直球：夢中的一切無法侵入現實，那麼，你將能否從夢中醒來，成為「我們」、共同介入那當下的現實？又或者，你反覆地為那些夢的痕跡被發現時的羞恥，一一抹以新的油漆：「只要一旦有什麼出現在牆上，我們便必須立即用油漆把它覆蓋。」當教授Q故作鎮定地問他的妻子瑪利亞：「今天——可有什麼新聞？」瑪利亞告訴教授Q：「沒有，今天什麼都沒有發生。」

漆過的牆。彷彿如昨的日常。海裡的死人被打撈起來了，她好像一隻鬆垮垮的橡皮玩具；而房間裡的玩具人形卻眨著眼，在這部小說裡，很長的一段時間，你都一直以為她真正活著。讀這本書的時候，我總想，這樣一部其實挾帶著大量現實泥沙與憤怒的小說，為何仍要召喚那些龐大的虛構技術呢？也或許，解謎與否，已不是這小說技術的真正核心了；我有時會想，這部彷彿布置出一座「虛構香港」的小說，或許只是為了招徠小說裡那位指路的魔術師，如同天聽；他對著那無論在過去或現在的兩種時間性裡、皆虛無地被掉落出來的教授Q說：「時間真的那麼重要嗎？重要的是你想要到哪裡去。」

二〇二〇，你想要到哪裡去？

0

諺語說：「愛情使人盲目。」然而，對於教授Q，更準確的說法是，愛情改變了他的視覺結構。

因此，在那空氣黏稠、沉甸甸令人腦袋發脹的冬日下午，當教授Q習慣性地從家裡那扇狹小的鑲了不鏽鋼窗花的窗口看出去時，竟然沒有看到海，沒有看到從天而降，鋒利如刀片的陽光把它任意割切成許多玻璃似的碎片，沒有看到一直停泊在海灣裡幾條顏色明豔，充滿了戰意的船，以及它們那些不斷深入海床裡的機械吊臂。教授Q看到的是一個居住了多年的城市，從內部漸漸膨脹起來，形成一個飽滿的頭顱，並慢慢回轉過來，向他展示了另一張臉。

起初，教授Q還沒有看到這樣一張臉。他只是想起一組五個數字的號碼。他隱約記得號碼與一個老朋友緊緊相連。這個老朋友與教授Q曾是如此親密，然而現在，老朋友卻顯得幽暗而微小，像隱密地揮舞著觸鬚的蟑螂一樣躲藏在記憶之屋的暗角。教授Q伸出手指，試探地，小心翼翼地，在他的智能電話鍵盤上，按動了這組數字。教授的手充滿了戒備，彷彿正在開啟一個夾萬，不，他是在引爆一個炸彈裝置。它不可能是電話號碼，教授想，如果它確是一組電話號碼的話，也早就停用了，因為它比起陌根地目前所通行的，顯然短了三個數字。然而，當教授Q最後按動「撥號」的按鈕，電話筒卻傳來沒有預期的通話訊號，使教授Q的心怦怦地亂跳起來。

「你終於想起我來了？」電話裡響起一陣笑聲，聲音那樣遙遠、陰涼，而且充滿了回音，就像來自一個有著濕滑內壁的山洞。隨著電話裡響起的笑聲，一張臉慢慢轉向教授Q。他看到一對細長的像鳥一樣精準的眼，漸漸咧開的嘴，一堆亂糟糟的頭髮——鷹頭貓，這不是鷹頭貓嗎？怎麼搞的，我究竟把他忘記了多久？

「嗯，出麻煩了。」教授Q發現自己的聲音竟帶著幾分欣喜。因為老朋友的再次出現，教授Q覺得自己的處境已經開始在改變，即使年過半百第一次陷入惱人的婚外戀，情況看來並不像他自己想像的那麼糟，對於自己乏味的生活中出現一樁可堪與人訴說的意外，倒實在是一件值得慶幸的事。果然，當教授Q向話筒中的老友傾吐自己的黃昏之戀，這位老朋友在一連串的笑聲之後，當即向教授Q指示出許多他不曾想過的路徑。

「現在，你需要的是一個偷情的地點。」

偷情的地點？鷹頭貓的話在教授Q的腦裡浮現成一張地圖——這地圖的線條和形狀與他認識的陌根地如此相似，但許多區域和道路的名字都是他不曾聽過的。當教授想到陌根地時，它總是帶著混凝土、滿布灰塵的玻璃，以及紙幣的氣味，然而，鷹頭貓所描述的那個地方卻充滿了海水、潮濕布料，以及苔蘚的味道。教授Q拿著話筒，望著被暗綠窗簾半遮掩著的海的一角，老友的臉再次變得模糊起來，倒是海面上反射出來的陽光，突然異常尖銳地扎進教授的眼裡，使得他不得不把眼睛瞇起來。

「所以，就是那個地方。想像一下多年來你收藏的那些秘密，現在都有了去處。不只是你的情人，所有其他你無法向人展示的秘密，你都可以把它們塞進去。」

教授Q嘴裡默念著鷹頭貓所說的地址，覺得他所說的每一個字詞，都來自一種陌生的語言，因此教授腦裡出現的，只是一串無意義的拼音。教授Q從筆筒裡抽出一枝丟失了筆蓋的走珠筆，在家居雜誌上一則手表廣告的空白處，匆匆地把拼音以字母記下。然而，在放下聽筒後，教授Q才發現脫墨的走珠筆沒有在紙頁上留下任何顏色。這些字母倒是充滿了教授Q下筆的勁道，透過光面的紙，全都突出到另外一面去了。教授Q用他長滿了繭的指頭摩挲著那些符號浮起的表面，感到一陣肉感的、情色的戰慄。

1

事情的發生可以追溯到教授Q五十歲生辰那天。當教授經過維利亞島一條販賣古董的街道時，同行的人都沒有注意到，異樣的神色像鳥一樣在他的臉上掠過，教授Q頓時手心冒汗，身體微微發抖。

那時，初秋的樹葉疲乏、乾燥，正微微蜷曲起身體。這群半老的人剛剛從海邊摸蜆回來，披著沒有特色的旅行者風衣，頭髮裡充滿了鹽的味道。這兩三年以來，他們每個月最少一次結伴而行，有時，爬過陌根地蜿蜒的山脈，有時沿著彎彎曲曲的海岸線一直走，有時，像這天，到陌根地海域其中一座小島上旅行。船在海上時，迎面而來的風把他們像霧中的情景一樣包圍起來，自城市的記憶中抹去。當他們的船被海上骯髒的泡沫送回岸邊，他們才又在高聳的大廈外牆，那些閃亮的玻璃鏡面上，赫然看到自己日漸頹唐的肉體。然而，他們並不輕易被自己垂老的姿態嚇倒。當目睹那群老去的人漸漸從玻璃的另一面迫近，他們倒是感到一種奇異的寬慰——就像快將完成任務的掌船人，只差一點點，他們便能把自己的人生安全地送到彼岸。

這群半老的人，大部分自出生以來，便一直居住在這個位於剎難南方，叫做陌根地的海岸城市。這個被維利亞帝國開發，統治了百多年的城市，目前看起來已經開到荼蘼。它的高樓像致命的凶器一樣直插入天空；每天夜裡，維利亞海灣兩旁的燈光定時像機關槍一樣向對岸掃射，令途人盲目。不過，在維利亞島西面，只要繞過這些高樓，深入到城市迷宮似的窄巷，這群人仍然可以看到一些比他們更老舊的店屋。它們的店面很窄，或停著幾副杉木棺、或堆滿了竹籐紮成的搖椅與籃子，二樓伸出一個大騎樓，暗色玻璃窗緊閉著，偶爾瞥見窗後有一個人悄悄走過，卻不過是飄移雲層的投影。

金髮綠眼的維利亞殖民者最初占領了維利亞島的中心地帶，鋪開了一條由女皇命名的街道，軍營、鴉片倉庫、舞場、酒吧紛紛在兩旁建起來。那些為了逃避戰亂，帶著僅有行囊從內陸遷來的剎難人，則聚居於島的西面，亂七八糟地建起那些通風不良的，只有兩三層高的店屋。店屋的主人在地下的內室飼養牲口、販賣雜貨，用木板把上層分隔成更小的空間分租出去。屋裡又暗又熱，有些人爽性把廚房搬到了街上，蹲在路上生火吃喝，並且販賣給過路者。有時，挑著擔子賣粥的人和倒糞者交錯而過，濃稠的液體從他們各自挑負的容器裡濺到街道上，使街道洋溢著曖昧的氣味；等到三四月間，陰雨綿綿，生命秘密地滋長，好些從內陸來的移民卻因為無法適應春天的氣候，腳趾間漸漸潰爛，奇癢無比，只要脫去鞋子，便散發出令他們自己也感到驚異的臭氣。

這些逃難者們常常以為自己終有一天能離開由維利亞人統治的陌根地，回到家鄉。然而，自從獨裁政權先鋒黨占領剎難大陸，成立先鋒共和國以來，南北的邊境便封鎖起來。逃難者看到自己的孩子一個接一個出生，通通跑到街道上去。有時，他們吆喝著，拿著雞毛撣子在街道上追打孩子，有時，他們單單在街巷裡停下來，看著孩子奔跑中的背影——這些孩子模仿外國人，嘴裡吐出一串串他們聽不懂的鬼話；他們看到遠處起伏的海浪不知何時已被鋪成了石屎地，維利亞島原來的海岸線消失了，小島向外擴展，架空的鐵路在上面跨過，他們便感到自己，以及自己生活過的城市已由一種堅實的存在，變成了虛幻的影子。

和教授Q一同在維利亞島上愜意地結伴而行的，都是這些移民者的第二代。這些富有小資產情調的先生和女士們在這座城市高速發展的時代裡成長起來，習慣了競爭，並且因為終於成為了淘汰賽的勝利者而不免躊躇滿志。這許多年以來，他們不曾回到奉行社會主義的剎難，但交給父母額外的鈔票，讓他們給鄉下人寄送一箱又一箱的禮物。他們沒有什麼國家意識，也不相信語言的純潔主義。平日，他們和朋友以地方上流行的南方語說笑，以混合了南方土語的剎難文寫私人信件，和父母則以各自的家鄉方言交談。然而，作為此地的精英階層，他們以維利亞語撰寫公函，在公共地方神氣地展讀維利亞語的報紙，而不是南方語的。

至於教授Q？這些人沒有一個知道教授Q的來歷。這個作為瑪利亞丈夫在他們中間出現的男子身材矮小，微微鬈曲的頭髮一直修剪成有點土氣的中間分界，皮膚裡有一種深沉的泥土氣息，從某些角度看起來，就像從更南方來的，處於陌根地社會底層的藍種人，但在不同的燈光裡，看起來又像是西方來的殖民者。更令人困惑的是，教授Q不單說得流利的南方語及維利亞語，還懂得許多他們不曾聽聞的語言。如果有人問及教授Q的出生地或國籍，他總是微笑不語，或者以剎難的諺語回應說：「嫁貓隨貓，嫁鳥隨鳥。」

半老的旅人走上沿山而建、陡峭而迂迴的道路。這一帶地勢險要，卻足以俯瞰察視內陸半島，不難想像為何當初成為殖民者的戰略據點。然而，十年以前，日漸衰落的維利亞帝國已經把陌根地像禮物一樣，交還在世界舞台上嶄露頭角的先鋒共和國。對新政權的不信任，使他們其中好些人短暫地離開了陌根地。只是，過不了幾年，又陸陸續續地回來。此時，有些人沒再帶同他們的伴侶，有些人頭髮更蒼白而稀疏了，臉上的斑紋像蝴蝶飛過後，留下永不退散的陰影。他們聚餐時，仍然呵呵大笑，露出疏落發黃的牙齒，像暴發戶那樣點菜，但卻吃得越來越少。這些聚會最後的局面，常常是油脂在吃剩的菜餚上凝結成泛白的一層，在被扒開了露出骨和血的魚身上，在冷了的半鍋湯上。

這群人注意到，陌根地在短短幾年間又建起了許多玻璃商廈，更閃亮也更瘦窄的民居拔地而起。迷宮似的街巷，現在擠滿了拖曳著笨大皮箱，從北方來的好奇旅人。那些他們曾經視之為貧窮鄉下人的內陸來客，現在褲袋裡塞滿了一捆又一捆的鈔票。教授Q告訴他們，好幾座多年前為接待歐洲客人而興建起來，倖存的，具有「殖民色彩」的高級旅店，現在已經招聘了一批會說北方語的服務生。他們把從內陸來到的暴發戶，引進頂層套房。在那裡，只要按動遙控器，垂落的窗簾便向兩旁收起，向旅客展示這個石屎筋肉仍在瘋狂生長中的城市。

這些人沒有注意到的是，更多的內陸旅客，大批大批地被旅遊車送到陌根地新開發的區域，像填充物一樣，被丟進那裡匆忙豎立起來的，形態像奇異太空基地的浮誇旅店。那些臨時為觀光客搭建起來的舞台布景——仿製的大理石地板和金光閃閃的吊頂，在幾年間便迅速衰老、萎謝，油漆斑斑剝落；報紙新聞的小角落偶爾可以讀到偷工減料的電梯突然下墜，幾個旅人消失在地底黑洞的報導。跨境大橋建起來時，似乎也有那麼幾個工人失足墮海。然而，這些死亡是如此寂靜無聲，不若內陸來的新移民一個接一個從樓上跳下來，總是造成嚇人的巨響，超時工作的清潔工人只得趕緊清洗他們在石屎地上遺下的血水和腦漿。

作為舊殖民者最先開發的地帶、跨國企業的大本營，在維利亞島上活動的，倒仍是藍綠眼睛、毛髮金黃、表情生猛的外國人居多。不單那些情調最好、老字號的菜館都聚集於此，連一種古老的傲慢、奢侈而慵懶的氣氛也仍然為這個區域所獨有。半老的旅人們經過這一帶盤踞半山的高尚住宅，它們黑鐵色尖銳猙獰的閘門，以及溫柔朦朧的窗口，走下斜坡，便聽見輕飄飄的爵士樂滲進了空氣，看到半醉的外國人歪歪斜斜地站滿了巷子的兩旁。

這群人繼續用本地的南方語交換笑料、耳語，和那些外國人擦身而過，彷彿彼此都是與這座城市無關的愉快旅人。這時，只有教授Q像著了魔似的混混沌沌，耳鳴如風琴，看到一個個外國女人紅色的嘴唇在半空裡飛舞，胸部像浪一樣在夜色裡起伏。這群人最後進到一個吃蛇的店裡，圍著古老的八角形木桌，喝撒滿了菊花花瓣的糊狀蛇羹，吃用鴨肝做的膶腸，油脂一片一片在嘴裡化開，笑聲像亂飛的鴿子一樣在小店的四面牆內迴旋，教授卻感到眼前烏黑，嘴裡苦澀。

第二天，教授Q在被窩裡發起高熱，喉嚨暗啞，不得不由妻子瑪利亞打電話到學校告假。晚上，教授Q迷迷糊糊地被領到附近的診所去，驚恐地發現候診室裡全是凍得發綠的沙發，消毒藥水惡意的氣味闖入他的鼻孔，幾個眼睫毛閃閃發亮的年輕護士卻在一片玻璃後一個接一個笑起來。

教授Q被帶到一個房間裡。醫生吩咐他躺在皮革椅子上，把外衣打開。教授感到自己的身體就像一種陰性的被動之物，任由醫生冰涼的探筒像一條意淫的蛇隨意探索。有一瞬間，他皮膚秘密的皺褶被觸動了，便警覺地望向醫生。教授的眼睛忽然明亮起來，認得這是大衛，許多年前剛從維利亞深造返國已頭髮半禿的垂老青年。大衛按照慣例，用雪條棒壓住教授肥大、泛紅的舌頭，用小型電筒照看他冒出斑斑白點的吊鐘。

「喉嚨輕微發炎。」大衛說。

教授Q記起，自從在陌根地定居以來，每逢秋季，空氣中總有一種他無法適應的毒素，使得他必須帶著發炎腫脹的喉嚨到大衛的診所去。教授Q現在並不感到驚慌了，醫生手上那些儀器所能探測到的，不過仍然是現實中最浮淺的部分。

就像過往每一次，大衛給教授Q開了兩瓶早午晚喝的紅色藥水。而在喝下紅色藥水以前，瑪利亞則給教授喝加了蜜糖的燕麥粥，手按在他額上，像一個正在進行祝福的女教士，低聲地說：「都不知道是海上的邪風，還是蛇。」

2

兩天過後，高熱消退，教授Q便重新回到位於陌根地北部綠毛區的孤舟大學，如常坐在他那把特別訂製的流線型人體工學辦公椅上。辦公桌上兩部音質甚佳的喇叭播放著巴哈的〈G弦之歌〉。教授Q一向喜歡一面聽古典音樂，一面批改學生的習作，這樣，他才不至於一再喃喃自語地嘲笑他們：「文盲！文盲！」同時嘲笑自己竟淪落到在這個庸俗沒有文化的小城裡充任教書匠。教授已經工作了一整個早上，並終於放下了滑鼠，把交叉的十指擱在微微隆起的肚腹上。此時，教授不自覺地，又重新被掛在牆上的一幅畫所吸引住。

這幅畫鑲在一個教授不久前才特別訂造的金屬畫框裡。畫中有一個呆立著的黑影，看起來像是一個穿著西裝的男人。在他旁邊，則是一個渾身赤裸的肉感的芭蕾舞者，雙手扠在腰間，腳尖蹬直。教授Q不太能確定這個舞者的性別，因為雖然她／他的胸前垂掛著一對飽滿的乳房，但渾身都是壯碩的肌肉、兩腳之間揚起了一根肉造的長鞭，落在那虛弱的黑影上，說不準是要對他進行攻擊，還是正在與他交媾。

教授Q的辦公室四面都被沒有懸念的白色所覆蓋，在他身後，兩個鋼鐵的書架則整齊地排列了幾本維利亞語辭典、同一個出版社出版的共二十多冊年度小說選集以及一些文學批評的入門書。教授Q故意不在辦公室裡擺放植物或私人的照片，好貫徹這個工作地點嚴肅、寡慾的特點。然而，教授眼前掛著的這張畫，卻顯然和辦公室的情調格格不入。

這幅畫是收在一個印有孤舟大學校徽的公文袋裡，寄到教授辦公室的。公文袋上沒有任何姓名或回郵地址，教授Q對公文袋上的字跡也沒有任何印象，但他隱隱覺得，這幅畫作他似乎曾經在哪裡看見過，並且扯痛了他記憶裡一個已被遺忘的部分。教授認為，必定是某種熟悉感，而不是風格或內容，使得他無法抗拒這幅畫。

而且，這天，當教授再次打量著畫，他覺得畫中的兩人並不是靜止的，而是通過一種持續的律動，想要向他傳達什麼訊息。那種律動把教授，甚至他所在的世界也拉扯進去。雖然不至於天旋地轉，但他確實感到辦公室正在搖晃。教授Q中止了正在播放的音樂，辦公室像失重似的抖動了一下。教授抓住了辦公椅，用力吸了一口氣。他隱隱然聽到一些低迴的聲音，在更遠處。

把頭轉向了那扇朝南的窗口，教授Q沒有即時看到窗外的世界，與他打著照面的，是一列無表情的百葉簾。灰白、乾淨，像辦公室裡應有的百葉簾。教授Q習慣把百葉簾放下來——他不喜歡私人的領域被任何目光侵入。不過，現在，教授走近它，用兩根手指伸入簾頁之間，壓出了一道縫隙，通過這道縫，他看到了在葉片上閃爍的陽光，以及綿延的遠山。同時，他還看到了她的眼睛。

教授Q早就知道，最主要的病徵並沒有消失——眼睛，他仍然看見她的眼睛，以及其中河流似的變幻著的顏色。那天經過維利亞島上那條販賣古董的街道時，她便是以那雙眼睛，透過玻璃櫥窗，毫無顧忌地盯著他看。

教授奇怪只有自己注意到她——那樣一個渾身赤裸、通體蒼白的女子，為什麼沒有引起其他人的注意？雖然她抱膝坐著，像一個皮球那樣，把身體摺疊、蜷曲起來，但她透明如蠟的膚色使她整個人變成了一種發光體。她就坐在櫥窗裡，一件被忘掉舊物似的，和水晶吊燈、老式掛鐘、一大堆刮花或丟失了鏡片的眼鏡框架、一串串誇張的塑膠珠寶，以及琉璃印花杯子並列在一起。她一動不動，只有臉孔在兩腿之間傾斜著，一雙眼睛緊緊地盯著教授Q。

教授Q故意不去看她，但她卻一直存在於他的視野之內。彷彿立體鏡造成的視覺幻象，女子是如此栩栩如生，近在眼前，但他就是無法真正清楚地「看見」她。女子高雅地盤在腦後的頭髮是黃金栗色，還是巧克力色？她的皮膚那樣的蒼白，更甚於一個死者，但她的視線卻那樣無所不包，彷彿可以看見三百六十度的全景世界。教授Q抽回他的手指，閉上了眼睛。他決定到外面走走，活動一下休息了兩天的身體。

3

孤舟大學位於綠毛城郊的一座小山丘上，這個地區開發較遲，雖然近幾年新建了不少樓房，但沿山的路上，眺望吞雲港以及對岸的山景，還是會讓人有置身於剎難古典詩詞中的幻覺。教授Q工作的灰色大樓位於山腰，如果向上行走一小段，便會看見一片草坡。草坡上有一座以往正午十二時便會被噹噹敲響，現在卻被閒置的銅製老鐘。這座鐘是孤舟大學創校時，殖民政府所送贈的，表示他們對剎難傳統學派的支持。至於立在老鐘旁邊那位姿態拘謹的銅造老者，則是數十年前的創校先驅，南來的一代大儒。儒者稍稍躬身，雙手作拱狀，形貌看似恭謹，但右面的眉頭與嘴角微微揚起，卻像是硬生生忍住了的冷笑。有時，教授Q會想：儒者嘲笑的是誰？是他自己，或者是生活在陌根地上的人們？儒者受先鋒政權迫害，在陌根地找到容身之所，但他的志向真的是要在這個受殖民者統治，潮濕、燠熱的「野蠻」之地「作育英才」嗎？儒者瞇著一雙醉眼，教授Q打量他時，覺得他臉容猥瑣，倒像個表演雜耍的江湖藝人，手隨時要探進袖裡，一下子摸出幾個拋向半空的顏色小球。

教授Q這天並沒有往山上走，而是走向下坡道。秋季學期已經接近尾聲，來上課的學生越來越少，緩緩走下坡道的教授Q發覺自己簡直可以聽見整個山頭在喘息的聲音。在不遠處，圖書館跟前的噴水池一根根倔強的銅嘴每隔幾秒便突然向半空吐出白色的泡沫。在噴水池再過去的地方，迎面走來的是和教授Q一同任教於維利亞文學系的兩個同事。教授Q想，這兩個人平日臉色陰沉，言語刻薄，此時怎麼都高舉著手，熱情地招呼自己？教授Q故意低下頭去，假裝沒有看見他們，腳步稍稍移開，繞過一排不知名的常綠灌木，走到另一條路上。

已經在孤舟大學任教十多年的教授Q甚少與學術圈子裡的人來往。穿著他那些質料上乘但款式老舊的西裝外套，攜帶著他那張鎮靜不動聲息的臉，教授Q總是準時出席所有校務與學術會議。在這些會議上，他對大部分議題不置可否，非必要時絕不發言，並且總是在會議後迅即消失蹤影。在教授Q來說，這一切都是理所當然的，因為，在他的心底裡，參與這一切的並不是自己，而不過是那個穿著西裝、打著領帶的皮肉人偶。

教授Q同情這個可憐兮兮的皮肉人偶——他總是坐在案頭，無日無之地撰寫新的研究計畫（也就是胡謅一番），申請他並不需要的研究經費；又或者像泥水工人那樣，把枯燥乏味文字傾倒進學究文章的模子裡，愁眉不展地撰寫那些小心翼翼的學術論文，努力抓著幾個流行的觀點，好成為它們的影子，或躲在各種理論背後，以不同的方式扮演別人的回聲，來贏取同行的接納；每隔一段時間，他又得在不同的表格上大肆吹噓自己的工作表現，來證明自己存在的價值。

教授Q反覆研究過學系裡的《員工手冊》（雖然其中的要求總是朝令夕改），他覺得自己沒有哪一項工作表現不符合系裡的指標，但這些年來，許多和他同時期入職的教員都已經得到升遷，教授Q卻仍然只是最低級的助理教授，而且每隔兩年，總是得重新撰寫厚厚的工作報告，在惶恐中等待上級批下續約的聘書。

教授Q記得，上一次，院長接見他的時候，露出了可以說是親切的微笑，拿著他的工作評估報告表，飛快地逐一讀出他在不同項目上的表現，然後，在結尾時宣讀他得到的評級：「非常好！」不過，院長同時也不忘補充：「很抱歉，你的升遷沒有獲得批准。」

工作評估報告是機密文件，教授Q無法一睹，因此，對於院長說出的每一個字都非常留心，恐怕一個不慎便錯過了什麼，然而，院長說話是如此之快，而他的工作又是如此之忙碌——坐在他寬敞的辦公室裡的一角，教授Q可以瞥見院長辦公桌上恍惚隨時會倒塌的，堆積如山的文件，以及丟在垃圾桶裡，仍然散發出一陣陣變質肉味的快餐店外賣餐盒。教授Q覺得那股邪惡的氣味使自己無法集中精神，他希望院長把話說得慢一點，但他並沒有勇氣打斷他。然而，就在院長終於把目光從報告上移開的瞬間，教授Q竟聽到了自己的叫喚聲：「院長——」

此時，教授Q發現，自己正面對著的那張臉非常僵硬，就像乾燥得快要裂開的表面。但他還是硬著頭皮說了下去：「既然，既然我的工作表現沒有問題，為什麼——我的申請就是不獲通過？」

有一瞬間，院長像一個沒有投幣的機器人那樣靜止著。教授Q背上冒汗，他看見站在辦公室門口，那個只有臉皮在發笑的女秘書狠狠瞪了他一眼，但他並沒有放棄，抓緊機會，又問了一句：「究竟，究竟我能再做些什麼——」

院長這時擺了擺手，示意教授Q不必說下去，並終於疲乏地笑了一下，重新打開了教授Q的工作評估報告，好像這時他才第一次真正看見它一樣。「讓我看看——你已經拿了兩個研究計畫的資助；今年參加了四次國際研討會，發表了三篇論文，嗯，都是在一級的期刊上發表的——為什麼申請沒有被接納？你看，學校的運作是有既定程序的，涉及那麼多的層次，並不是一個人所能決定——」

教授Q覺得院長這時說話並沒有那麼快，聲音卻那麼的小，使得他若不傾身向前，便無法聽到他在說些什麼。他一面靠近院長，一面禁不住回過頭去望了望站在門口的女秘書。此時，秘書已經打開了門，好像故意要讓教授Q看到外面還有兩位西裝筆挺的教授，坐在沙發上等著。他們圓瞪著雙眼，對占據著院長室的教授Q盛放著怒意。然而，院長究竟在說些什麼？教授Q重新把臉轉向院長時，發現他的嘴已閉上了，而他們是靠得如此之近，以至於教授Q可以看得到從他鼻孔裡竄出的毛髮！教授Q趕忙把身體往後挨，而椅子就是在那時倒下來的——

教授Q已忘了自己是如何慌亂地逃出了院長室，而這次大膽提問的消極方面卻很快便顯現——即使瑪利亞每晚都給他準備一杯安神茶，一連幾個晚上，教授Q都無法入睡。有時，他懷疑自己魯莽的舉動，已給院長，尤其是那個秘書留下什麼負面印象，直接影響到他下一次續約的機會；有時，他又怨恨自己沒有更進取，把握好時機，質問院長——「如果，我的表現良好，那是我填寫表格或撰寫自我評估報告時，用詞或格式出了什麼錯嗎？」教授Q早就聽說，有一些填充表格及撰寫報告的隱秘技巧、魔法似的暗語，只在參與過評審工作的大學高層之間流傳，那是低級教授永遠不會洞察的秘密——當然，教授Q惱怒地想，一定有些人，通過在各種秘密的途徑，比他知道更多的內情。

「我能進來一下嗎？」

教授Q記得，才不久以前，他辦公室的門罕有地被敲響。當那個穿著燙得妥貼醒目的襯衣和貼身牛仔褲，有著一排閃亮牙齒、烏亮頭髮的新入職的教授W，小心翼翼地把門推開，靦腆地表示想向他請教時，教授Q感到的倒不是煩厭，而是荒謬。W難道不知道，人到中年才加入大學工作，頭髮已經花白的教授Q，不過是系裡最低級的教授之一？因為還沒有取得終身教席，大學隨時也能解僱他？

作為皮肉人偶而存在的教授Q卻沒有拒絕W，而是任由他走進自己的辦公室，把一張摺椅拉開，正經八百地坐下來，開始熱情地講述他那些研究計畫，以及準備參加的組織和會議。教授Q低下頭去，不時點點頭，盡量不讓年輕人發現，自己其實並沒有專心聆聽，而是正在打量著自己的影子，審視它那灰藍的顏色，以及追蹤那鬆散的、不確定的輪廓。然而——教授Q困惑地想，如果坐在那裡，以微微躬著背的軀殼存在著的教授Q，只是一個皮肉玩偶，那麼，那個真正的他究竟在哪裡？

無論如何，這天，在孤舟大學裡，教授Q很高興自己擺脫了系裡的同事，把自己藏身在一些矮樹叢後，走上了另一條道路。這條通往學校飯堂的路上，常常有一些學生組織搭起簡單的桌椅，賣些書和精品來籌募經費。教授Q估計臨近學期末，不會再有學生在這裡擺賣。然而，路上仍聚集了幾個女學生。他注意到她們手上都拿著一疊傳單之類的黃色紙張。從女學生們火熱的打扮看來，應該不是在傳教，倒很可能在宣傳什麼跳舞活動。然而，她們也可能來自什麼新的政治組織——自從先鋒共和國接管陌根地以來，學生運動便漸次活躍起來。教授Q記得好幾年前，孤舟大學的一個學生曾爬上維利亞殖民初期興建的一座鐘樓，抱著兩根巨型的、指向十二時的指針，阻止它被拆卸；在另一次保衛農地的運動中，更多的學生穿上僧侶的白袍，一排排地躺在馬路上，終於被警察抓起四肢，搖搖晃晃地抬走；還有一次，大概是為了抗議中學歷史教科書被竄改的事件，在他監考的會場內，有一批學生像舞台劇演員那樣化了妝，頭上插了一把刀，血流披面地到試場應試——從衣著打扮看來，教授猜不透這幾個女孩正在宣傳什麼行動；走近一點，卻可以看到她們的緊身T恤上都印有一個扭曲了的「動」字，或者是什麼組織的記號？然而新興的政治組織旋生旋滅，教授Q實在來不及辨清它們的名字和理念。

教授Q不想折回原來的路上，但也不想被這些學生糾纏。他打算低著頭，快速地在這些學生的跟前走過，但這時，一個女學生卻熱情地向教授Q招了招手。教授Q遠遠看著她，並不覺得這是自己教過的學生，但這時，他卻再次看到「她」的眼睛。教授Q的身體抖了一下，感到眼前的景象正在變形。教授Q不再前行。當女學生徑直向教授Q走去，他注意到有一個人向她點了點頭，克制著不去看她被風撩起的裙底，或是胸部浪的線條；另一個人卻挨著女學生的旁邊走過，像鬼魂一樣舌頭潮濕，眼裡冒著火。女學生隨手遞出的黃紙像一道符咒，從她手裡滑落，飄到地上。幾乎在同一時間，教授Q加快腳步，一下子便走出了校門，跳上了一輛的士。

教授Q其實還未及思考自己的去處，但他很高興，自己的嘴巴早已代他決定：「到維利亞島上去，到維利亞島上去！」

4

教授Q住在離大學甚遠，獅子坡的一個住宅區。一如大部分在這座城市經濟起飛時期，根據實用主義思維建起來的住宅，小區的樓房整齊、狹小，每一寸空間都經過計算，以確保所有部分都具有它們的功用，並不留下過多曖昧的空白、引發多餘的幻想。雖然這所由瑪利亞挑選、墊支買下的公寓看起來平庸無趣，但第一次看到屋契，在妻子的名字旁，出現了他自己的名字，卻還是讓教授Q莫名的感動——這可是他人生裡第一次擁有自己的住處！

公寓裡兩個房間的其中一個，成為了教授Q私人的藏書房。教授Q每星期固定到書店買書一次，每年參加國際會議或外遊時，也總是藉機會到處蹓躂，收集各種具有異域情調的繪畫、雕塑、攝影集，以及珍奇的書籍，然後把它們全塞進他的書房。

書太多了，教授並沒有採取很好的方法維護，以致它們買沒多久就滿布灰塵、受潮發軟、悄悄長出了霉點。或者教授是故意讓它們變得晦暗、失去秩序。當這些書頁形成了形態不一的波浪，像不能閉合的嘴唇那樣整天微微張開著，它們就成了小小的嚙蟲、蟑螂、陰影，以及所有暗黑事物美好的棲息之所。這樣，他才能把那些自己所鍾愛，卻可能被瑪利亞視為邪惡與墮落的一切，埋進不為她所注意的角落。

在這個混亂的空間裡，如果披荊帶棘，來到靠牆的書架前，你會看見它們都高而且深，每一層前後都密密麻麻地排列了兩行的書。如果，拿一把梯子，把書櫃高處第一排的書取出——你可以想像，教授Q或者曾經也那麼做過——他很可能便會在這些書的背後，發現自己年輕時發表過的一些詩作，現在他會形容為荷爾蒙過盛的火熱文字。一些筆記本裡，夾著他所寫的專欄文章和接受訪問的剪報。教授Q站在梯子上，仰望著立在書櫃最上層的這些舊物，並沒有伸手去觸碰它們，彷彿這是整副骨牌的一個機括，一觸動它，整個世界便會隨之崩塌。相反，教授Q很快便把原來放在第一排的書，重新排好在書架上，動作那麼俐落，就像一個砌磚工人，一下子便把書牆重新砌好，以此完成新一次的遺忘。

瑪利亞此時或正站在書房門前，她可沒有興趣走進去，翻閱教授的書，或者檢視他的玩物。在她看來，教授Q簡直就是一個無可救藥的倒錯的拾荒者。他用高價買來的所有嶄新的事物，都會迅速在他的混沌世界裡退化成被遺忘的古董。瑪利亞曾經企圖好好地把教授Q的書房整頓一番。但後來，她已完全放棄了，只是拿著茉莉花味的香水，像是意圖驅魔的神父那樣在空氣裡噴灑聖水。

只有很少數的朋友會被邀請到教授Q的家裡來。平日出入時，當他看見對面鄰居的小孩，便會迅速把公寓的門關上，但有時，鄰居小孩還是會瞥見教授Q掛在書房門外，梅菲斯特的巨幅版畫，或是放在客廳一張茶几上，用銅絲製成，拿著長矛的小小唐吉訶德。對於這些異國人兒的面目，小孩起初懼怕，但看多了，卻覺得滑稽可笑，正如穿著過時西裝的教授Q，帶著沉浸在另一個世界的眼神，偶然在走廊裡經過的模樣。教授Q似乎沒有意識到，愜意的生活如何慢慢由他的身體彰顯出來。比如說，他脖子以下的贅肉已經形成了一個垂吊的植物，那是一個走路時便會左右晃蕩的生物囊袋。

教授Q和妻子時常結伴到樓下散步，觀看修剪成齊高的花叢；共同在一個小小的水池前停下來，打量著那些追逐自己的透明軌跡，在水中不住打轉的錦鯉，偶爾會看到一隻巨大的淡水龜，緩緩地把牠的頭從滑石間探出來，或只呆呆地待著，像一座化石。這個小區裡，每天有人準時清掃的乾淨街道上幾乎從不出現任何意外，或者說，沒有任何意外的痕跡。教授Q夫婦以一種多年協調而漸漸形成的和合節奏並肩而行，準確地在拐彎處拐彎，在盡頭前停下來，返身折回。如果這時有一兩個鄰人經過，夫婦兩人和合的節奏不免會被打亂，瑪利亞總是露出親切的微笑，而教授Q的嘴唇卻緊抿起來，身體不自覺地向後一縮，兩肩則更向前傾，使他看起來像一隻海龜。瑪利亞的腳步停下來了，她和鄰人寒暄起來，天曉得他們在談些什麼！站在她身後的教授Q，雖然仍保持著表面上的禮貌，表情溫順，但他已暗暗在自己的幻想裡繼續前行，走上了瑪利亞所不知道的分岔小路。此時，教授Q的眉頭放鬆了，脂肪安心地往下墜。靈魂離開了自己肉身的教授Q暗暗得意：在／不在，全是一種內心的遊戲！

教授Q不會向任何人承認，他多麼感謝妻子那份一星期最少五天，把她困在政府大樓裡的工作。因為那樣，每當他在日落以前，自孤舟大學的辦公室離開後，便不必尋找任何藉口，也能獨自到對岸的維利亞島上去蹓躂。教授Q喜歡走在充滿殖民風情的小街巷，逛逛維利亞文書店，然後到酒吧去，選擇窗邊的位置坐下來。正經八百的教授Q從不會和酒吧女郎打情罵俏，只是在喝了一口威士忌或氈酒以後，便把臉朝向玻璃窗外，看街上談笑著走過的三三兩兩的白種人穿著神氣的大衣和不能更閃亮的皮鞋。有時，他會看見陌根地政府鼓勵市民從南方廉價聘來的，那些膚色黑裡透藍的女傭，手裡牽著別人的孩子，或是遛著別人的狗，突然像一束陽光那樣向他燦然一笑。教授Q此時也笑了起來，但他真正看見的不是街道的景致或行人，而是玻璃上投映的自己。玻璃有一種魔幻的特性，他看到自己的眼睛變得迷離，他的膚色變得含混。這時，他是一個自由的異邦人，他還未婚，獨自短暫停留在這座城市，並不知道自己將要到哪裡去。在教授Q的身後，有人擲了一把骰子，幾顆骰子同時在旋轉，它們停下來時，有一些數字將像神諭一樣被顯露，但它們暫時仍然是秘密，壓在一個黑色的骰盅裡，有待一隻手把它掀開。

這天，匆匆逃離了孤舟大學，教授Q又來到維利亞島了，然而，教授Q知道自己並不打算到書店或酒吧去。他知道自己必須要再次看見「她」。教授再次來到那條販賣古董的街道。如今，當他獨自一人，他便更清楚看到這條窄小街道兩旁的店鋪如何任意展示著自己灰暗、散漫的姿態。街道上的人不多，都專心在挑選他們屬意的舊物。他們蹲下去，發現古董店有一種奇異的法力，甚至可以把耶穌、濕婆，以及肚子圓滾的笑面佛通通縮小，擱在塑膠盤子裡任君挑選。

教授Q在這小街巷中穿過，他期待在下一個路口，就會看到那座兩層高的店屋。他記得建築物的二樓仍保存著近百年前所建的大騎樓，底下有廊柱支撐著，形成街道上一個遮陽處。店屋的門面卻是摩登的玻璃飾櫥，而「她」和其他舊物就被置放在玻璃背後。

只是，今天，當教授Q走出了古董小巷，他卻無法看清楚前方的事物。馬路這天看來被改成了行人道。教授Q不知道那麼多的人都是從哪裡冒出來的，彷彿他們是從下水道、隱蔽的門後突然湧出來，潮水一樣包圍著教授Q。教授Q被他們推擠著前行，直到這些人慢慢停下了腳步，圍成了一個圓。身材矮小的教授站在兩個白人身後，無可奈何地通過他們腋下臂彎之間的空隙，才總算看到了圓的中心。

站在群眾中間是一個臉上塗滿了白色顏料的默劇表演者，正伸出雙手，用張開的手指摸索著牆壁。他被困在一間小室裡，坐在空氣上吃飯、坐在空氣上拉屎（他用手揑著鼻，無法忍受室內的臭氣），他縮成一團，暫時睡了過去。

教授Q的目光穿過表演者，看到他背後那座店屋，不過，教授Q卻無法看見廊柱與玻璃飾櫥，因為它們剛好被一塊大型廣告板所遮擋了。廣告板前，站滿了顯得興致勃勃的觀眾。

表演者再次吃飯、拉屎、睡覺。小室有一個暗格，每隔一段時間便有食物從那裡送進來。表演者從暗格看出去，他什麼也看不到。於是，表演者只能再次垂頭喪氣地吃飯、慢慢地拉屎、蜷縮成很小很小地睡覺。小室一定變得很臭了，但表演者還是繼續吃飯、拉屎、睡覺。教授Q奇怪觀眾怎麼仍有耐性看下去，而且似乎興高采烈的。他們一面喝著汽水、果汁，嚼著香口珠，一面看著表演者瘋狂地拍打著牆壁，然後又重新坐在空氣上。

過了一會，另一個臉上塗滿了白色顏料的表演者出現了。這個表演者沒有理會那個被困在小室裡的人，而是拿著一疊卡片，走近了觀眾。觀眾正是在此時散開的。群眾消失得那樣快，一下子便沒有剩下幾個人在圍觀。

教授Q很高興，如今他能看到巨型廣告板了。廣告板上畫了一個穿著白色芭蕾舞衣的跳舞女郎，像天鵝一樣，展開了她的雙臂，傾身向前，目光直刺向教授Q。而站在她身後的則是一個戴著面具和禮帽、披著斗篷的魔術師。教授Q渾身一抖——他當然認得這個有著蒼白臉色的女郎。默劇表演者此時來到教授的身前，把一張卡片，像秘密的訊息一樣，塞進了他的手裡。教授Q低下頭去，從卡片上知道，「她」——音樂箱女孩愛麗詩——將要在一個月後，在同一個地點，和魔術師進行一場表演。

當教授Q再次抬起頭，兩個默劇表演者都消失了，正如那些圍觀的群眾。表演者所派發的卡片，一張張被丟落在地上。街道上的行人各有自己的去處，早已經遺忘了剛才那場表演。現在，只有教授Q急步向廣告板的方向走去。

廣告板就固定在街角的兩條廊柱前，在木板背後的支架和廊柱之間，有一個小小的縫隙。教授Q小心翼翼地把頭探進去，發現玻璃櫥窗裡擺放的事物全被更換了，除了玻璃器物、繡花織品，現在占據櫥窗中心位置的，是一隻戴上了聖誕帽，有著烏黑、圓滾雙眼的巨型毛熊。從它反光的眼睛裡，教授Q能夠清楚地看見，自己那可憐兮兮的，渾圓的上身，而他那個蒼老的頭顱則已經悲慘地卡在廣告板和支架之間，恐怕將得花一番力氣，才能重新把它拉拔出來。

5

我們事實上早已知道教授Q的命運了：他將會愛上美麗的人偶愛麗詩。雖然，他後知後覺，故意把自己蒙在鼓裡，然而，這場五十歲才出現的婚外情，卻是早就有跡可尋的。

不過是幾個月以前，一個包裹依從過去的意志，追蹤到教授Q的府上。那是瑪利亞剛離開了公寓不久，動身往政府行政大樓上班的一個早上。

一星期五天，不施脂粉的瑪利亞如果不是一身素色襯衣和西裝褲打扮，便是穿著像護士袍一樣的灰白色衣裙，在七點三十分以前離開家門。瑪利亞從年輕時代起便很清楚自己對衣著打扮的要求——不引起別人的注意。這多少是修女學校灌輸給她的規條，但更多的是她加在自己身上的律令。當學校裡所有女孩都在暗中或明目張膽反抗它時，瑪利亞常常感到不解。在她看來，再沒有比畫一的制服更讓人感到安心的服飾了。

瑪利亞在七時四十五分以前踏上月台，列車在兩分鐘後到達，有時是三分鐘——雖然這座城市地下鐵路誤點率之低，可說舉世聞名，但它們仍比不上瑪利亞內在準確的時間節奏。瑪利亞是天生的領導者。這是一個修女給她的評語，因為她的紀律性就像一個風眼，會令四周的人自覺地環繞著她轉動。的確，一旦瑪利亞離開了公寓，由她所賦予的秩序便開始解體。

感到神清氣爽的教授Q在清靜無人的房子裡，一面喝著加了威士忌的咖啡，一面在讀一本維利亞語經典諷刺散文選集。教授正在讀的一篇，作者是十七世紀的喬斯・布金。其人生平不詳，或者那根本就是一個化名。喬斯那種溫文爾雅，同時以嘲弄為樂的文字深得教授Q的歡心。教授一面讀一面不時呵呵大笑，直到門鈴不合時宜地響起來。起初，門鈴聲真像是某種動物悲慘的叫聲，接著門鈴的聲音起了變化，好像是某種天啟的音樂，撥動了教授的腦際。教授Q把身體趴在門上，看進貓眼裡。他認出這區一個郵差熟悉的臉。

郵差把一盒輕飄飄的東西交給教授時，臉上展露出一種充滿暗示性的笑，還向教授擠了擠眼。教授Q只好勉強向郵差回報一個僵硬的笑容。

包裹裡是什麼？教授掂量著，掩上門，讓緊閉的門扉把郵差的臉消滅了以後，才再次安下心來。「這麼輕，該不是書吧？」他發現包裹上的字體很秀麗，卻沒有勾起他任何記憶。郵票顯示，包裹來自奇非爾，但教授一時間想不起自己在當地有任何朋友，也不曾聽說孤舟大學與當地的學院有任何聯繫。教授Q小心翼翼地打開盒子。盒子裡是一個三十寸高的人偶，被透明泡泡紙緊緊包裹著。合上眼睛沉睡著的她，看起來帶有生命的氣息，與此同時，也幾乎就要窒息。教授趕緊把泡泡紙解開，女孩濃密的睫毛眨動了一下，天藍色的眼珠便活過來。她的蕾絲芭蕾舞裙是一整件的，銀色的上半部有兩片貝殼似的罩胸，短短的粉紅色裙襬挺立起來，她以微微突出的嘴唇向教授淺笑著，像是說，我很好，又似乎帶著惡作劇的意味。教授Q於是想起在奇非爾一個城鎮，一家小店的門外遇到她時，她就在一面玻璃背後，這樣向自己微笑著。

那已經是大約半年前，教授Q和妻子瑪利亞到奇非爾旅行。旅行團集體活動的時間結束，教授Q和瑪利亞便告別了其他旅客，結伴到附近一個露天咖啡座。教授Q點了甈酒，而瑪利亞則點了加薄荷的橙汁。瑪利亞本來想提醒教授，不過是下午三點而已，喝酒似乎太早了一點，但從早上起來，她發現四周的人除了酒幾乎不喝別的，便不再說什麼。這時一個樂隊正好在廣場上撥弄著他們的樂器，那種隨便的態度，使人分不清他們正在準備，還是已經在表演。樂隊裡的人，頭髮不是長及腰間就是都削光了，穿著寬身的灰黑色長袍或鬆垮垮的大衣和長褲，遠看不太分別得出性別。他們其中兩個抱著木結他，一個正在打一種手鼓，另外一個吹奏的黑色長笛子，不知道是什麼物料製成的。瑪利亞不在乎音樂，開始和鄰座的一個小男孩聊起天來，用擠眉弄眼的表情、比畫，以及簡單的奇非爾語單詞。

小男孩讓教授Q感到不舒服，教授認為並非因為他兩眼分得太開，而是他凝滯的眼神，連同呆板和緩慢的動作。教授Q在心裡說：這個孩子沒有希望。當然，教授不會把這一點告訴瑪利亞。教授Q起初覺得音樂不錯，但接著便沒法再留心。教授Q看了瑪利亞一眼。她的手正被小男孩的手捉住。然後，他發現酒已喝光了。教授Q對瑪利亞說，我想四處走一下。瑪利亞沒有聽清楚教授的話，因為小孩的母親正在掏出一條緞帶，像是想要告訴她什麼。她轉過頭來時，本來希望教授用他較為流利的奇非爾語幫忙她，但這時她發現自己在一個小小的圓形廣場上，每一個通向其他小巷的口，看起來都是一樣的。這個小城鎮根本是一個迷宮——瑪利亞想。她看著教授胖大，同時越見細小的身影，她想叫住他，但看來是已經來不及了。

教授Q離開了嘈雜的人群，一條比較寧靜的小巷慢慢向他泊來，接著是一個接一個櫥窗。街巷裡都是些一模一樣的玻璃耳墜和項鍊，不然就是披肩。披肩的質料倒是好的，真絲，高雅的蘭花圖案。教授Q腦裡閃過給瑪利亞買一塊披肩的念頭。收在小盒子裡，在晚飯中途在桌子上輕輕向她推去。但他隨即意識到這樣做，換來的只會是幾天的嘀嘀咕咕，瑪利亞會抱怨他不該亂花錢，然後他會被指派到店裡嘗試退款，或把披肩換成熱水瓶或其他實用的貨品。教授Q於是繼續向前走，直到在一些布造的燈罩和手搖式相機前停下來，因為玻璃上的反光，他其實什麼都看不清楚，不自覺走近了一點，與此同時，他也看見了她。

那時，她正在做一個一字馬的動作，彎彎的兩手舉起來，形成一個圓，像是要讓一條受過訓練的海豚從她的頭頂穿過。她的頭卻高傲地別過去，因此教授Q只能看到她腦後一座塔似的髮髻，以及底下修長的脖子。教授Q慢慢移向另外一邊，好看清楚她的臉，才發現她正咧著嘴，彷彿中學女生那樣在偷笑。

教授Q此時也笑了起來，不自覺把手貼在櫥窗上。一個駝背的老人從店裡走出來。教授Q用有點生硬的奇非爾語說——這娃娃也太漂亮了。老人把兩手收在背後，對教授說，在古董店裡，沒什麼漂不漂亮的，你只是看到自己希望看見的東西。教授Q不知是否沒有聽懂，他沒說什麼，走進了店裡，看了一下掛在牆上的羊頭標本、牛頭標本，座台的機械鐘鐘面突然裂開成花瓣狀，露出背後轉動中的齒輪。教授Q低下頭去，心不在焉地翻了一下放在籃子裡的舊明信片和扣針之類。最後，教授再次走出了店面，重新打量起人偶。

這次，老人沒有再走出來，只是拿起拂塵清掃收銀櫃的玻璃桌面，稍稍提高聲調說道：「如果你有興趣知道的話，這種娃娃叫多麗根。」教授Q回過頭去，有點答非所問地說：「我現在無法把她帶走。」老人看了他一眼，不再說些什麼。教授Q便走進店裡，從口袋裡掏出了一疊鈔票，並摸出了一枝鋼筆，隨手拿了放在前檯的卡片，反轉，寫下了幾行字。「但，我可以把地址留下來，請你把她寄給我。」

當教授Q再回到咖啡座時，瑪利亞的橙汁已喝光了，樂隊正坐在一個花圃的石製圍欄上休息。瑪利亞臉上有一種滿足的笑，她把小男孩送給她的一個繩結展示給教授看。這是剎難傳統的工藝，瑪利亞剛才教導孩子的成果。她發現迎面而來的教授Q難得地展示出溫婉的笑，因此認為，或者他不像自己常說的那樣，最討厭小孩子。然而，教授Q根本沒有注意到瑪利亞手上比畫的戰利品。他跟在妻子背後走出廣場，想著多麗根在裙襬下展開的大腿，並低下頭去，望著自己在陽光中縮成一團的影子，希望盡量不顯得過於興奮。

教授Q當然還擁有其他的人偶。我們可以由那個金髮公主開始說起。那時，教授Q

在一個海邊的賣物會上隨便逛著，偶然看見了她。她的脖子細長，微微抬起的頭有一種高傲漠然的神色，金色鬈髮披散在肩膀上、腦後束著蝴蝶結，脖子以下的身體卻整個不見了，像一個剛剛被施了刑的公主，流落在各種骯髒的瓷器食具與黑膠唱片之間。教授Q那時就覺得這個公主怪可憐的，尤其販賣者看起來只是個撿破爛的莽漢，大概完全不知道她的來歷。不過教授Q可還沒有想到要買下她。是她呼喚他。好心的教授，只有你會搭救我，把我從這些亂七八糟的事物之中拯救出來。教授Q於是蹲下來，觀看她玻璃造的眼睛。那眼睛裡卻沒有乞憐的痕跡。教授懷疑，她就是十八世紀倫波地所生產的那些高級玩物，按十四歲歐洲少女的頭型製造，質料是一種未曾上釉的瓷胎，因而是粉嫩的，具有肉的質感。教授Q再看她一眼，渾身便雞皮疙瘩起來。

教授Q買下的第二個人偶和金髮公主沒有半點相似之處。教授Q管她叫木瓜之女。木瓜之女身上套了一組破破爛爛的棉造衣裙，使她看起來像個乞丐。女孩的臉缺乏清晰的輪廓，可能原來的設計如此，也可能是年代久遠遭到破壞。這個身體內部組裝了齒輪的女孩，她手腳的比例都格外長，纖細的手指緊緊地抓著一件上衣的下部，但只要扭動她底座的發條，她就會眨動眼睛，毫不羞澀地重複脫衣的動作，露出兩條長長的木瓜似的胸部。

教授還有一個製作相當粗糙的人偶——小小的黑人女子，模仿夢露裙子被吹起時，伸手按住它的姿態。如果不是教授把她拿起來，窺看她裙下的春光，便不會發現，她實際上是一個醬料瓶，只要把手指從她被風吹動的衣裙下伸進去，便可以拉出一個軟膠塞子。夢露的身體是瓷造的，頭部卻是可以擠壓的軟膠，可以擰下來，讓教授Q裝入茄醬、芥末、青醬……，他喜歡以仰視的角度看不同顏色的汁液從她的內部流出來，同時把手指伸到她的裙下去接住。然後，教授Q會像一個孩童那樣，含住自己的指頭，用舌頭舔它，幻想真正從女體流出來的汁液的味道。

瑪利亞當然不曾看見過教授Q的這些藏品。它們都好好地收在教授Q書房一個上了鎖的櫃子裡。櫃的體積看起來不算很大，漆上了保護色，或者說，一種容易使人遺忘的色調。也許因此，連教授Q也常常忘記了它的存在。但只要把櫃打開，教授Q便會重新驚訝於它的深廣，它的無可忽視。有些事物的存在是顯而易見的，但只要把它推向某個盲點，它便暫時地消失。

那天，當多麗根總算從不太遙遠的過去抵達，來敲響教授Q的記憶之門，教授Q不得不用他有點腫大的手指，逐一解開多麗根連衣裙背後的細小金屬鈕扣，把她的蕾絲芭蕾裙自修長的腿褪下來，用嬰兒清潔巾，替她拭抹稍稍有點灰塵，但色調仍然可愛的淡粉紅色的聚氯乙烯皮膚。教授Q的手指在多麗根身上滑動——雖然她的身材豐滿，完全是一個成熟的女人，然而她的乳頭和私處卻是平滑的。教授把雙手浸在塑膠盆那些泛著泡沫彩光的肥皂水裡，小心揉洗那件小小的舞衣，然後用自己的風筒一點點地把它烘乾。與此同時，教授Q也不得不讓裸體的女孩站在他的書桌上，在那本《作為意志和表象的世界》上，做出小彈跳步、滑行，以及旋轉的動作。多麗根踮起腳尖，以一連串奇異的舞步趨近教授（多麗根最特別的地方是她身上擁有十六處球形關節，能擺出多種複雜的舞蹈姿態——那些一般舞者也不能擺出的姿態）。

整個下午，教授Q覺得太快樂了，直到他要把多麗根重新關進他的櫃子裡，他才又看見自己久遺了的其他人偶。於是教授Q少不免重新把她們從櫃裡取出，清潔一番。是的，教授Q只是打算規規矩矩的把她們清潔好，而不是把金髮公主的頭顱安裝在不同的身體上（木馬？蜘蛛？聖經？），或讓他的木瓜之女一再翻動她的上衣給他表演。然而，為了慶祝多麗根的加入，教授Q靈機一觸，決定把小夢露的頭擰開來，裝進一小杯威士忌，並用自己的嘴巴接住從夢露身體流出來的黃金汁液。啊，教授Q的舌頭是多麼的快活！它在一個隱蔽的小區塊裡探索著，即使因為與陶器粗糙的表面反覆摩擦而破損，已經開始淌血，教授Q也渾然不覺。

當然，在一直工作至深夜才回家的瑪利亞扭開大門以前，家中一切已經各就其位，回復到她離家前的狀態。瑪利亞脫去外衣，走進睡房，只亮了一盞夜燈，發現教授Q已經熟睡了。她用手撫摸教授Q的前額。教授的額看上去是飽滿的，像是一個塞滿了夢的容器，而嘴巴卻緊閉著，像是一個塞子，為了防止任何秘密的洩漏。這些秘密，包括了教授Q那條破損的舌頭，以及仍然在那裡流淌著的，甜蜜的回憶。瑪利亞湊近教授的額頭，這時幾乎已經嗅到血的氣味，但她誤會了那是來自其他地方。她回過頭去，以為是沒有關好的窗讓海上的氣味，隨著黑色的風跑進屋裡來了。要知道，海上的風確實也常常摻合了血，或類近於血的氣味。瑪利亞回身過去，關上了窗。在滅燈以前，她再次看了一眼教授在一條毯子底下平躺著的身體，她覺得那身體好像忽然縮小了一點，彷彿那床就是一條行駛中的船，而教授的身體正被它拖帶著遠去。瑪利亞滅了燈，床看起來更為飄忽不定了。她忽然帶點恐懼地想，自己如果再不跨上去，它便會在教授的夢中駛得更遠。

6

半老的旅人們計畫再次共同出遊，已經是教授Q五十歲生辰的一個多月以後。

清晨，瑪利亞望著窗外漸漸變得金光燦爛的秋日市景，愉快地在手臂上塗抹開一大坨乳白、黏稠的防晒霜，教授卻慢條斯理地喝著咖啡，以鐵匙的背面，在圓渾的蛋殼上敲開了一道裂縫。他以一種滑稽的語調，向瑪利亞描述好幾股氣泡如何在他的骨頭裡冒升，把他的四肢變軟。瑪利亞皺了皺眉，提議陪伴他再次到大衛的診所去。教授卻用曲起的食指敲了敲桌上的一本書，搖了搖頭說：「相信我，文字的治癒能力更強。」

等瑪利亞整裝待發的時候，教授Q已經不在餐桌旁。瑪利亞環顧四周，發現教授在一張單人座沙發上，像一坨軟化了的泥漿那樣，潰散在鬆軟的皮革表面，連他的臉看起來，也彷彿液化了，有著起伏的波浪。教授Q的一隻手垂落在沙發旁，手掌像蘭花一樣半開著，正在讀的那本書掉到了地上。瑪利亞把它撿起來，隨即記起這是她大學時期曾讀過的一本當代小說。瑪利亞隨手翻到其中一頁，就像多年前第一次讀它時一樣，作者使用的艱澀語言彷彿曲折的迷宮，讓她感到眼前安穩真實的世界忽然搖晃起來。而這天，在早上的陽光裡，在昏睡過去的教授Q旁邊，那些印刷得密密麻麻的字詞看起來，更像是某種神秘的咒語，使她感到噁心。

獨自出門的瑪利亞戴上一頂附有護頸遮陽布的鴨舌帽，手裡拿著行山杖，背包裡是水、地圖，以及一小本陌根地的野生植物指南。在好幾年前開始，瑪利亞已買下全副行山者的裝備，並開始認真閱讀關於陌根地的野外生態。這是她為進入老年所做的準備之一。陌根地雖然以它的城市知名，但事實上，真正發展起來的地域就像裙子邊沿的點綴而已。陌根地大部分的土地乃是崎嶇的、未開發的山林，瑪利亞想像那些尚待她和教授Q發掘的隱蔽村落、濕地和荷塘，想像那些延續不斷的陌根地山頭，足夠讓他們夫妻倆結伴一直走到老死。

這幾年間，教授Q默默跟隨瑪利亞，以及她的朋友們，走上了陌根地不同的山徑。站在山巔，看著曲折的海岸線，城市的建築物變得像孩童的模型那樣無邪，它久違的美麗，確實再次讓他感到驚詫。然而，與此同時，教授Q心裡湧現的，是多年來，在綠毛地區，偷渡者由北而南，向城市潛行的路徑。教授Q想像他們飢腸轆轆，在草堆之中躲避警察和警犬的搜索，夜間在露水之中瑟瑟發抖，任何聲音都可以教他們無比惶恐。漸漸向他們迫近的可能是大蟒蛇，也可能是膽小的幾近絕種的赤麂。在濃霧深鎖的日子裡，他們迷失方向，或竟就失足於懸崖峭壁。

教授Q知道，在綠毛地區的東北面，那個連接先鋒共和國與陌根地邊境的小小海灣裡，淹沒了許多沒有完成旅程的偷渡者。曾經有無數意圖沿水路從北方向南潛逃的人，站在岸邊，等待夜的來臨，他們一個接一個跳入那包容了無數秘密的海裡，不停歇地向對岸游去，期望到了清晨時分，他們便能把自己送到另一個國境。然而，即使在無風無浪的夜裡，結伴同行的幾個人，如果有一人不慎回頭望去，總會發現，自己的同伴已經在黑色的世界裡消失了蹤影。他們或者只是像電池用光了的玩具那樣，失去了動力，又或者不小心被鯊魚咬去了雙腿，因此再也無法向前划行。教授Q想像他們不斷下沉的身體，頭髮像海藻一樣飄揚著，雙目閉上，耳朵卻張開著，彷彿仍然能聽見海裡的聲音。

教授Q聽到了海的聲音，他熟悉那聲音——那是一頭迷人而無處不在的獸，無時無刻不以牠的每一個細胞呼喚著你，牠的嘴唇微張，溫柔地對你甜蜜耳語，有時卻狂哮一聲，猛然竄出的舌頭，一下子就把整艘船捲進牠的肚腹裡去。在陌根地生活的最初，當每晚在海味店把貨物整理好後，Q無論如何都無法清洗乾淨指間那股來自海洋的腥臊氣味。他把帆布床鋪開在堆滿了蝦乾、元貝、黑色多刺的海參，以及天花板掛滿了鹹魚的店鋪中間。躺在床上，他仍一直聽到海的聲音，帆布床隨著他夜裡翻動的身體晃動著，使他以為自己整夜仍在航向未知的大陸。

教授Q記得，把他推入船艙的是一雙粗糙而有力的手。船艙裡堆滿了大大小小的木箱和紙皮箱子，這些箱子裡也許載著人，也許載著物，但還沒等他有機會看清楚，便有人打開了一個小小的紙皮箱子，讓Q走進去。Q把自己的屁股擠進箱子，把自己曲起來的腿緊緊抱住，奮力把自己的頭塞進兩腿之間。箱子被關起來時，Q想起自己看見過的魔術表演，他想像有誰正在黑暗之中對他施展魔法，而他必須忍耐著不發出一句言語，不尿尿也不大聲放屁，那麼，當他再次走出箱子時，他便會成為另一個人，或者，就像一隻鴿子那樣飛到半空之中。Q不知道自己終會變成什麼，但在海洋暗黑的懷抱裡，他感到痠軟的雙腳確實已漸漸瓦解，並且徹底消失了。也是因此，當魔箱再次打開時，有人伸手把他拉到岸上去，他卻不知道，自己如何能依照他們所說，發足奔跑！

如今回想起來，Q仍然認為，自己當時是在沒有腿的狀況下，由無人的海岸，奔向了市區。或者，他的肉身早已不復存在，不過是像鬼魂一樣，被風吹到了城市裡。那些和他一起奔逃的人不知何時已經離他而去，直到剩下少年Q獨自一人，他發現自己的雙腳竟重新生長出來，走在陽光氾濫的街道上。少年Q看到市集上黑壓壓的人頭湧動，地上卻堆滿了一個個奶白的椰菜、蒼蠅在血紅的肉檔上盤旋、冰涼的單車在他身邊匆匆地駛過，但少年Q卻仍只聽到海上的聲音——他自己的呼吸聲、那黑暗中的無聲之聲，蓋過了其他一切的聲音。

Q記得，正是那時，一個穿綠色制服，腰裡馱著槍的人放緩了腳步，稍稍打量了他一下，Q便渾身抖顫起來。他認得那些穿著軍服的人，他們的軍靴併攏時的聲音，他們的眼神。少年Q早在別的許多地方，看見過那種眼神，驅逐者的眼神。它們意味深長，暗示著他們可以用警棍、槍或任何事物，指著你的鼻尖，把你趕上另一條船。同時，他們也可以發給你一張寫滿異國語言的脆弱紙片，以一種開玩笑的語調告訴你，這就是居留的證明。

在陌根地的山路上，教授Q有時會重新感到雙腿消失了，有時只是因為陷入沉思，因而落後於眾人，長及膝蓋的野草刮著他的腿，讓他忽然忘記了自己身處何方。而漸漸遠去的人影，就像與他毫不相干的陌生人。此時，瑪利亞總是會及時回過頭來，用被陽光刺得必須瞇起的雙眼，察視看著遠方山脈出神的教授Q，耐心地等待他。教授Q遠遠看著自己的妻子，但她的身影是模糊的，他根本無法看到她臉上閃亮的笑容。

這天，瑪利亞回頭時並沒有看到教授Q的身影，她的臉被埋在巨大的帽簷造成的陰影裡，眉頭緊蹙，無法確定，把丈夫獨留在家中是否是一個穩妥的決定。瑪利亞注意到，最近教授Q的睡眠時間似乎正在不斷延長，有時在吃飯的途中，他長久不發一語，只是低下頭去，彷彿因為觀看一碗湯裡的菜花而進入冥想，瑪利亞知道，他已經悄悄進入熟睡的狀態。這些時候，教授Q看起來如此溫順而無邪，瑪利亞便會既哀傷但又滿懷安慰地想，教授Q大概已經進入了更年期，並將迅速地衰老下去。

7

瑪利亞並不知道，在不少問題上，丈夫其實悄悄地與她持著相反的意見。比如說，關於睡眠時間的延長，教授Q認為根本無關身體的衰老，而不過意味著做夢的時間正逐漸增加。事實上，這天下午，當瑪利亞和她的朋友們爬上了陌根地海拔五百多米的山峰時，教授Q已經通過夢的路徑，到達了更遙遠的地域。

首先出現在教授Q夢裡的，是那些嗡嗡作響的綠頭蒼蠅，然而，只要撥開這些擾人的小東西，他便能夠看見熱帶的巨葉在他四周狂熱地生長，成串的香蕉正自粉紅色的蕉花底下伸出，像盛開的陽具那樣飽滿、愉快地垂掛下來。教授Q低下頭去，發現一個眼睛像鳥一樣銳利的少年，藏身在河流裡。他那個又黑又瘦長的身體，被風一吹便像一根水草那樣晃動起來。當教授Q心照不宣地笑起來，那少年也咧嘴無聲地笑著。那笑隨著水波抖顫，像是一種沉默的回聲。

教授Q很清楚為什麼少年出現在那裡——這天，他的褲袋裡有母親給他換取大米的糧票，但他沒有立即走向那個有大批軍警駐紮的區域，沒有立即讓那些腰裡繫著槍枝的軍人隨意截查他，用抬起的腳掌來掂量他的生殖器，張開嘴向他發出一聲聲咆哮。少年朝相反方向，漸漸走到了河邊，獨自踏上了當地人以木板搭成的小橋，他那雙手工甚好的布鞋已經滲進了冰涼的河水，但他的頭腦卻那樣的火熱，只是一心要到河的對岸去。

少年Q身邊沒有任何同伴，他覺得這倒不是因為，像其他男孩子所說，自己看上去有一股陰柔的氣質——他們喜歡笑嘻嘻的，把鼻子湊到Q的脖子上，說，你身上有種女人的香氣。少年早就意識到，他和他的家人並不屬於這個地方，正如他們並不屬於其他許多曾經短暫寄居過的國度。

這裡許多人家的門上都垂掛著一張耀目的紅色旗幟，被風鼓起時，便招展著一把黃色的彎刀。少年Q的家裡沒有任何旗幟，卻擁有做工精緻的織錦地氈，以及慢條斯理與彎彎曲曲的說話方式。老父親整天在他放滿破舊書冊的書架前徘徊，常常寫很長的信不知道投寄給何人，黃昏的時候，在庭園的蕉樹下吹起淒涼的口琴。母親總是梳著款式與別人不同的髮髻。她不像當地女人那樣穿白襯衣和半截裙，倒是把布料裁成連身的樣式。她的衣裙緊緊包裹著她扭動的屁股，每當在街上走動，便引得一串男孩跟在她的背後。

大多數的時候，Q被禁止與其他少年在街上蹓躂，只能獨自在家中看書。不過，當Q把成績單遞給父親時，父親卻並沒有從他正在讀的書上抬起頭來，只是說：「那些在學校裡學的，你最好忘掉。」少年平日在學校學習說一種語言，回到家裡卻必須說另外一種。有時，他寧可什麼也不說，蹲下來，觀看蟻之行走，但他仍不得不努力背誦那些父親指定的以剎難語寫成的古典詩歌，在大聲朗讀的抒情詩裡摻雜著沒有詞語可以寄放的憤怒。

Q其實並不喜歡和其他同齡的男孩來往，尤其不喜歡他們叼著菸，粗野地坐在路旁等女人走過的姿態。但他喜歡走在他們身後，看他們走上一條暗黑而細窄的樓梯，傾聽他們走在梯階上時吱吱嘎嘎的聲響。有時，樓上有女人探出頭來，向他們招手，那些女人豔紅而豐滿的嘴唇出現在她們被陰影覆蓋的側臉上，常常使Q感到震驚。

相比與同齡的孩子交往，少年更喜歡到市集上，觀看那些聚集在骯髒酒攤，閃爍著藍綠眼睛的外國人。Q並不知道這些外國人都來自哪裡，他們總是短暫在這個城鎮出現，之後便像泡沫一樣消失於他的世界。Q想起父親像等待福音那樣，每天躲在書房裡細心傾聽的那台收音機。外國人嘰哩咕嚕地說著的，聽起來就像收音機每天廣播著的那些父親也不大聽得懂的神秘語言。Q努力地從他們醉醺醺的話語裡，試圖辨別出自己所認識的僅有的幾個字詞，猜測他們說話的內容，並大膽地走上前和他們搭話。當偶爾有一隻粗大的手，拍拍少年Q的頭，稱他為小兄弟，誇張地讚賞他，少年便不禁淚眼汪汪，渴望父親正在附近徘徊，清楚看見這一幕。

現在，少年愉快地踏在木橋上，向市集走去，倒不是為了要看見這些外國人。他知道，這幾天市集上來了一個巡迴劇團，劇團就在一輛小小的貨車內，兩幅紅色天鵝絨布遮掩著劇團的舞台。雖然少年Q還未到達市集，但他覺得自己彷彿已經看到過劇團的表演，要不然，少年Q怎麼能夠預知，當布幕被拉開時，觀眾們將看到許多以魚絲線拉扯著的人偶，一個個在暗黑的舞台上耷拉著頭顱，彷彿一群被吊死者？但當環繞著舞台的燈泡乍地亮起，死去的人偶便一下子都復活過來。那些人偶不論男女，都眨動著睫毛長長的大眼睛。隨著喇叭播送的喧鬧的音樂，穿著花花綠綠歐洲宮廷服飾的人偶們手舞足蹈。他們的頭顱像走馬燈那樣三百六十度旋轉，脖子上一下子是編成了小辮子的頭髮，一下子是塗得粉紅的兩頰。

「接下來，我們就要跳脫衣舞囉！」來到歌舞的尾聲，舞台上只剩下一對戴著皇冠，看來是公主與王子的人偶，他們手牽著手，嘻嘻哈哈地這樣宣告。

群眾這時屏息靜氣起來了。雖然木偶的動作有點僵硬，但從來沒有見識過脫衣舞的觀眾們還是不禁被他們那扭動著的身體，以及一件接一件拋出，像玩具一樣的舞衣、皮帶，以及絲襪所迷惑住；直到脫光了衣服的兩個人偶，各自身上都只有簡陋地串連起來的幾塊木頭，有些人還不曾覺醒過來。此時，兩個人偶下巴掉落，相視而笑，把一大串假髮連帶皇冠也脫了下來，群眾才驚覺，兩具乾巴巴、赤裸的木製身體並無區別——

「從此，他們將永遠過著無比幸福的生活！」

受到欺騙的小鎮居民噓聲不止，但似乎唯有少年Q注意到劇場經理在舞台後探出頭來，他那一隻已經壞掉的眼睛像是隻切了開來的皮蛋，他的笑容充滿了惡作劇的氣息！

少年Q何時已經來到了現場？他無法記起，人偶表演過後，劇場經理為什麼獨獨走向了他。站在人群之中，少年Q的一隻手仍在褲袋裡，緊握著母親給他的糧票，但那個劇場經理已經捉住了他的另一隻手，把它伸向一個粗麻布製的骯髒的摸彩袋。

「這是劇場的特備環節。」在劇場經理高舉著的「幸運」卡紙板上，貼著許多不同顏色的圓形籌碼，它們依循鬼腳的迷宮，通向各種內容不明的禮物。

「你將會得到，你真正想要的東西。」

此時，少年Q已不自覺地把褲袋裡的手掏出來，那張被自己捏得又熱又濕的糧票落在經理的手上，而他的另一隻手已經在那個通向幸福的袋裡張開。

「你摸到什麼？」

少年Q抬起頭來，臉上充滿了疑惑。在那個小小的摸彩袋裡，他居然摸到活的東西。他不敢說出來，那是一具肉體，比那個袋子巨大得多的肉體，他摸到如雕塑一樣堅硬清晰的部分，他也摸到了軟如雲霧的世界。

「再往下摸索吧。」

經理似乎看穿了一切。少年把手往更深處探，他知道，自己已經非常接近那身體最隱秘之處了。他只是奇怪，為何，那不是突起的、硬硬的東西，灼熱如他自己的身體。

「怎麼，摸到了嗎？」

「我摸到了，但那不是我想要的東西。」少年說，同時臉上泛起了一片紅。

經理和少年都知道這是一個謊言，但誰也沒有拆穿它。少年閉上眼睛，而經理卻用他那隻獨眼看到了少年扭曲的臉部。

他以為少年正體驗到一種幸福，但事實不是如此。當少年試著把手指頭探進最後的神秘的領域，少年什麼也找不到，只是感到身體有一個部分正被撕開來。少年意識到，袋裡的身體正是屬於他自己的，一隻異己的手正從外面探進來，正要粗暴地扒開他的身體，進入到他更深的地方。

現在，少年充滿恐懼地把手從袋中抽出，他來不及看，自己抽中了什麼禮物，而是第一時間背過身去，發足奔跑起來。

少年Q不認得眼前的路。他相信自己已走在夢更深入的地帶。巨型的熱帶植物已經使他縮小了，像一個微型的人。他在大地血管一樣爬行的樹幹，以及刮得皮膚發疼的葉刀之間尋找前行的路徑。他走過一小段石路，但前面的路又被齊腰的野草所攔住。他聽到窸窸窣窣的聲音，起先以為是野兔，然而，從草地上冒起的是一個女孩。女孩長髮披肩，身材嬌小（卻比他巨大得多），她一句話也不說，便把上衣的鈕扣逐一解下來，直至外衣垂掛，獨獨露出右面的乳房。

少年Q抬起頭來，心裡一喜，他從未看見過這麼巨大、飽滿，高高在上的乳房。他想向前行，卻忽然動彈不得。少年Q被困在一個用粉筆畫在地上的圓圈裡，他認得這是父親的把戲，為了懲罰他深夜未歸而畫出的帶著詛咒的界限。要跨出那個圓，其實並不是什麼困難的事。少年Q記得，父親其實早已經衰老，並且不是早就遠遠潛逃到了C國嗎？少年像喊出驅魔咒那樣，大聲喊出一串他也不清楚涵義的外國語。然而，少年仍然沒有辦法繼續向前走。他不想承認，女孩的嘴唇緊閉，袒露出來的乳房凶猛、憤怒，像林中的老虎，使他害怕。然而，那從乳頭擴散開來的靜脈卻像翠綠的河流一樣，讓少年很想伸手去碰一下。而且，那個暴怒的發紅的乳頭看來那麼近，他為什麼卻總是搆不著？

世界幾乎就像一面鏡一樣貼在少年Q的臉上，他才忽然意識到，自己竟能把一切看得那麼清楚，比起「少年」的時候看得更清楚。Q打了一個冷顫。陽光已經昏暗下來。目下，教授看到的是一個突出的肚腹。那個被斜陽暖著的，充滿脂肪的小東西就像慵懶的寵物一樣，緊緊的貼伏在自己身上。

教授Q走進浴室，覺得走動著的仍是夢中的少年，但他因為必須負著一個中老年人的重量而變得緩慢。少年的臉已被騎劫了，他一定對偷換到他臉上，眉間那總是顯得哀傷的八字形皺褶、那張拒絕抵抗的鬆垮下來的臉皮，以及那些枯燥乏味、卻被修剪得貼貼服服的灰白頭髮感到憤怒。然而，教授Q卻鎮靜得多，帶著夢中的雙眼，他慢慢地，看進鏡裡的自己。教授Q突然發現，自己的瞳孔竟不完全是棕黑色的，它的外暈帶著一點點異域情調的藍。那雙異地人的眼睛從鏡裡，反過來，深深的，看進了教授Q的眼裡。

彷彿為了配合教授Q強勁地起伏的心跳，牆上的掛鐘此時就像計時炸彈一樣響起來——教授Q忽然想起瑪利亞，以及那群大概已經走在陌根地山路上的半老旅人。教授Q很高興地想，他們應該距離自己很遠了。教授Q的年紀雖然可能比他們其中一些還要大，但他事實上還沒有老到他們的地步。這時，教授Q不無痛苦地回憶起，就在不久以前的一次聚會上，那個專門處理離婚手續的律師C先生，居然對他說：「看！我們難道不像雙生兒？」那時，他們正在一間酒家裡吃飯，律師因為大笑而露出齒縫間的菜渣。教授Q事實上早就注意到了，律師身上套著的毛衣，簡直和他的一式一樣。

毛衣是瑪利亞不久前給教授Q買的。怎麼形容它的顏色好呢？第一次看到它時，教授便想起一坨故意修整過的，包在膠袋裡的無味狗糞——他奇怪自己居然沒有抵抗過必須穿上它的責任。現在，教授Q遲滯的恨意卻突然無法抑止地爆發出來。帶著亢奮與報復的氣勢，他走進睡房，充滿熱情地掀起了一張十多吋厚的床褥。床褥下是幾塊拼合在一起的，可以掀開的床板。在那些收藏經年的舊物再次露面以前，強烈的樟腦味首先侵入這個空間。教授沒有被氣味嗆倒，反而精神抖擻起來。並排在一起的天藍色蕾絲襯衣和黑色羊皮夾克首先愉快地向他眨眼（教授Q同時看到瑪利亞緊鎖起來的眉頭）。這些衣服不必試上，教授Q也知道它們已不合身了。不過，教授倒是在舊衣堆裡，找到一頂多年前從外國買回來的費多拉帽。被重重衣服壓得變形的帽子，居然不一會就回復它的優雅的形態。

帽是淡灰色的，有著黑色的緞帶滾邊，只要把帽簷一角拉下來，教授Q灰白的頭髮便完全被遮蔽起來，連他的臉也一併籠罩在影子之中。彷彿被一條無形的線拉扯著，帽子下，教授Q的嘴角緩緩被牽起。他覺得，連同他自己在內，現在再沒有任何人能看見他額上那些悲傷的紋理。牆上的掛鐘仍滴答滴答地威迫著教授Q，而教授Q這時終於想起來，時間已經差不多了，他必須整裝出發。這個下午，教授Q覺得自己做了一個重要決定，他要戴著這頂帽子，獨自遠征維利亞島上，觀看愛麗詩和魔術師的表演。

8

陌根地的秋天是它最美好的季節，亞熱帶的濕氣暫時消散了，天空無度地揮霍著它的藍，地上蒙昧陰暗的事物重新呈現出它們明朗的線條，連那些過度擁擠、乏味的公寓大廈也因為披上一層麥金的顏色而變得新鮮、精神抖擻起來。然而，也因為天氣過於乾燥，空氣裡時時閃現出神秘的火花，只要有適時的風吹過，一下子就可以把一個山頭燒毀。瑪利亞和她的朋友們沒有遇上山火，然而，走了一整天的山路，跋涉過濕滑的山溪和蘆葦叢，正是在下山的路上，瑪利亞不小心踏了空，一下子便扭傷了腳踝。

當瑪利亞的朋友們勸她暫時坐在一個瞭望台的石凳上休息，並站成一個半圓包圍著、察看著她時，瑪利亞便禁不住雙頰泛紅。她知道，作為有一經驗的行山者，這一下失足，完全是因為自己心神不定。瑪利亞一向認為自己個性獨立，她很驚訝，不過由於丈夫這天沒有結伴同行，自己便竟無法抑止地惦念著他。

瑪利亞看著這些站在她跟前，衣冠楚楚地淺笑著的夫婦，禁不住想起，不久以前，她和其中的幾位女士私下聚會，她們還大談起自己的丈夫和其他女人做過的蠢事。有幾次，女人們說著說著，禁不住憤恨地哭起來；但有些時候，她們卻像談論電視劇上的老套情節，忍不住哈哈大笑。瑪利亞並沒有說些什麼，她知道，沿著這些話題，這些女人很快便會按慣例，流露出對瑪利亞的羨慕之情。

「我看這個世上，再沒有哪個男人能像你的丈夫那樣忠誠了。」

瑪利亞慢慢微笑，不得不承認，女人們給予她的光環，是聚會中她最期待的部分。確實，瑪利亞不曾懷疑教授Q的忠誠。結婚以來，教授Q總是在她下班以前便會回到家裡。按照瑪利亞訂下的原則，他們家裡不胡亂揮霍、不聘請傭人。如果他們在家中用膳，晚飯照例是瑪利亞準備的，因為她有一套營養學的準則，無法假手於人。不過晚飯過後，教授Q便會乖乖地清洗碗盤——瑪利亞很樂意與她的女伴們分享夫婦相處之道，可惜，這些女人們的注意力總是太快被一條顏色豔麗的絲巾、一個新款的限量手袋所吸引過去。瑪利亞對於這些話題絲毫不感興趣，她尤其無法忍受的是，女人們多喝了兩杯，就大膽披露她們居家的情慾生活：「大概上一次外遊太久，回來時他連鞋也來不及脫——」

這天，當不施脂粉的瑪利亞坐在山腰瞭望台的石凳上，露出了一張寡慾者的亮麗的臉，在那些同行的男人們看來，她的神態確實就像聖母瑪利亞，像一尊觀音，或者也像一個未經人事的女學生——男人們想到這裡不禁血氣上湧，但卻一語不發；他們想起，平日，如果教授Q在這裡的話，他們最少可通過他，間接完成自己的調情：「告訴我們，你究竟是如何討得這個神仙似的妻子？」教授Q則照例會一本正經地回答說：「我是被瑪利亞所揀選的。」

一句話如果被述說太多遍，它在記憶裡越占有影響力，一個人就越難分辨它是否具有事實的根據。教授Q如今深信，瑪利亞最初是以一種聲音的形式降臨於他的生命裡的。Q已經無法記起瑪利亞究竟說了一些什麼，他只是記得自己從沒聽過那樣明亮清麗、標準的維利亞語，那是比課上那些來自維利亞的教授更標準的維利亞語！作為超齡的大學生，那時，沉默寡言的Q終日獨自泡在孤舟大學的主座圖書館裡看書，直至，有一天瑪利亞的話語就像神的聲音一樣貫入了他的耳中。她嘴裡吐出的語詞，就像由元音與輔音交錯、高低起伏組成的樂曲，不，那是像一顆顆渾圓的鋼珠擊中了Q。雖然，Q當時已經能流利說出最少四種語言，但Q知道，他不過是一隻懂得學舌的鸚鵡而已。Q時時覺得，任何人只要細心傾聽，也能發現他無論說何種語言，都像是嘴裡含著卵石般，帶著異域的口音。他知道，自己怎樣也無法像瑪利亞那樣，說出真正的維利亞語。

當Q尋覓那聲音的來源，他便看到了瑪利亞。其時，她兩膝併攏，坐在一把窄窄的椅子上，正埋頭讀一本非常厚重的辭典。她的連身裙是一種修女的樣式，鈕扣把她的身體關起來，像緊閉的衣櫥，貼服的頭髮明亮、乾淨，然而，每一寸瀏海，似乎都向著潮流的反方向垂落，因此，它失落了時間，也就是永恆的。這個圖騰浪一樣淹沒了瑪利亞所有其他的形象，像一根鑰匙，深深鑽進教授Q腦裡的某個機括，使得瑪利亞和他，緊緊的扣連在一起。

「我從沒有聽過那麼動人的維利亞語。」

瑪利亞抬起頭來，沒有露出半點羞澀的情態。這個少女似乎慣於接受別人的稱讚，對於自己的長處了然於胸，只點了點頭，以一種考官的口吻對Q說：「你的維利亞語也說得不錯。」

瑪利亞此時注視著Q，雖然Q明顯比她年長，但他頭髮蓬亂，身材格外瘦小，好像長期營養不良。瑪利亞皺了一下眉，說道：「你其實同樣可以做到的，要不要大家一起練習一下？」

Q和瑪利亞的維利亞語練習課在圖書館裡、在公園的長椅上、在不斷環迴重複的湖邊步道上進行。大部分時間，Q都沉默不語，傾聽瑪利亞用好聽的維利亞語講述她自己的故事，並終於意識到，在陌根地長大的瑪利亞，根本沒有去過維利亞。她的口音是自小在陌根地聽收音機學來的。那個曾經為殖民者服務，一天二十四小時不斷重複播放古典音樂與維利亞語新聞的頻道，如今仍然運作，只是收聽率已大不如前。Q也漸漸發現，修讀法律的瑪利亞談吐優雅、成績優異，眼裡總是有一個秩序嚴明的，萬物已經被分類好了的世界：法官該在法官的位置上，證人該在證人欄裡，瘋子被送進瘋人院，犯罪者被關進牢房。所有人和事，都可以按秩序，安放在合適的地方。

有一天，當瑪利亞忽然打量著Q的眼睛，半開玩笑地說：「你看來不像是陌根地人。你究竟從哪裡來？」Q不知道瑪利亞是否能夠發現他禁不住渾身抖顫了一下，但他卻注意到，這個不苟言笑的女子第一次露出了羞澀的微笑。

那是一個溫暖的午後，瑪利亞提著一袋柑，來到Q的宿舍。宿舍的大堂裡，除了他們以外，再無別人。那時，Q和瑪利亞已不再時時以維利亞語交談了，因為語言變得不那麼重要。當Q不再把注意力集中於瑪利亞的咬字與發音時，便開始注意到她嘴唇的玫瑰顏色；她低下頭去時，頸後修長的，彎彎的弧線；她踏單車時，裙襬飄起，露出的一截小腿。直到此時，Q還沒有和女性親近過。Q輕輕地把手指降落在瑪利亞的脖子和肩膀上。他站在她身後，在她的耳垂附近深深呼吸。Q以身體述說的這一切，瑪利亞是否沒有聽見？Q給瑪利亞寫了一首詩，夾在一個小本子裡，交給了瑪利亞。瑪利亞微微一笑，伸手接過了Q的本子。Q不知道，這些詩句可有打動瑪利亞，因為當瑪利亞把本子交還給他時，Q發現她只是在上面圈點出詩句文法上的錯誤，以及比喻不合邏輯之處。

在宿舍的大堂裡，Q低聲地告訴瑪利亞，他準備繼續升學，大概很快便會離開陌根地，到另一個地方去。

當時，他們並排著坐在一把木製的長椅上。Q期待瑪利亞會說一些什麼，但瑪利亞只是把一顆柑像禮物那樣打開來。那些排列成一個球形的果肉每片都完美無缺，被薄膜小心翼翼地包裹著。瑪利亞把它們一瓣一瓣剝開，放進嘴裡。瑪利亞整齊而亮白的牙齒咬開了薄膜，帶著甜味的汁液竄進Q的鼻腔，Q卻感到食慾不振。他的兩手冒著汗，不知道該把它們置放於何處。瑪利亞回過頭來看他。她淡淡地笑了，笑容像時間的光芒一點點消退。他們都記得，那是一個溫暖的，什麼都沒有發生的午後。

Q終於離開了陌根地，卻和瑪利亞繼續以維利亞文互通消息，瑪利亞告訴Q，自己順利在政府裡考取了一個高級職位；她告訴Q，颱風來襲陌根地，辦公室的玻璃碎裂了一地；她告訴Q，晚上，她獨自走過一條Q曾經常常和她一起走過的，回家的道路，見到幾隻她以為是小老鼠的初生的小貓；她告訴Q，自己每天放工前後，都獨自帶剩飯餵飼那些小貓；她告訴Q，小貓已不是小貓了。有一次，她在街上遍尋不獲，才發現貓爬到了很高的樹上，看起來竟像是一群待飛的鳥。

Q每一次都給瑪利亞回信。他究竟向瑪利亞說了些什麼？幾乎在信寄出時，Q就忘記了。他只是記得，自己總是避開了，真正想告訴瑪利亞的事情，因此他的信總是文詞優美，卻空洞無物。直到Q終於取得博士學位，回到陌根地，成為頭髮初白的教授Q，他仍然無法告訴瑪利亞，這麼多年來，無論在陌根地的大學宿舍裡，還是在維利亞大學的宿舍裡，他時時聽到從別的房間傳來，床架搖動的聲音。這些聲音忽遠忽近，混雜了哀哀的女人的叫聲。此時，Q希望那種聲音更接近一點，但他只有自己瘦骨嶙峋的手指，以及一面不住向他迫近的沉默不語的天花板。

遙遠的瑪利亞的聲音像是一道律令，讓Q小心保持著自己的童子之身。像研究一門功課那樣，Q深入鑽研各種有關男女之術的著作，埋頭苦看五花八門的情色電影，希望自己終於有天，可以學以致用。在婚宴上向賓客敬酒時，教授Q紅光滿臉，精神亢奮。沒有人知道，在那條燙得筆挺的西裝褲裡，他的恥毛光鮮、整齊，它們在前一天早上被修成一把希特拉鬍子的形狀。教授Q看著鏡子，頗為得意洋洋，他覺得一切正如書上所說，這樣的確讓陰莖看起來更粗大些。

長久的等待使教授Q習慣了忍耐。新婚的晚上，教授Q按原定的計畫，想要先給瑪利亞進行全身按摩。不過，大概有些什麼一開始便不對勁了，因為當穿著白色睡袍的瑪利亞直直地躺在床上，她看起來比較像一個等待接受檢查的病人，而不是一個新娘。當教授Q把手放在她身上時，她頓時格格地笑個不停。這一下子便打亂了教授Q的陣腳，使得他又慌又亂，只能隨處亂摸，瑪利亞笑得更起勁了。教授Q爽性爬到新婚妻子身上，想要用力吻她的嘴，好止住她的笑聲，然而，這只是造成了另一場教授Q無法應付的混亂場面。

第二天，教授Q決定給瑪利亞播放一些啟蒙電影。然而，影片不過播放了幾分鐘，瑪利亞便連聲驚呼，雙手掩目，要教授Q立即把放映機關掉。新婚的第七個晚上，吃過晚飯後，瑪利亞梳洗好，坐在客廳裡，一心等待教授再次和她進行每天晚上的接吻和撫摸練習，然而，這天教授卻久久未出現。當瑪利亞到房間裡察看，發現教授Q躺在床上，竟已呼呼地進入了夢裡，便不禁若有所失。

瑪利亞並不知道，丈夫正在夢中欣喜地看到另一個瑪利亞。那個瑪利亞披著鬆散的長髮，站在半開的窗前，彷彿正在眺望著遠處的風景。教授注意到，瑪利亞攏起的臀部，在她背後創造了一個美麗而具彈性的弧度。瑪利亞沒有回過頭來，卻以具有母性的柔和的聲線問道：要到我這裡來嗎？教授點了點頭，一下子便把頭塞進她的裙子，那個溫暖而圓渾的屁股裡。

可惜瑪利亞無法看透教授Q的前額，否則她便會發現，在他們長久的婚姻裡，她常常以不同的形象出現在教授的夢裡。比如說，有一天夜裡，教授Q的夢中有一股令人作嘔的氣味撲向他。當他走近廚房，便看見一個瑪利亞正在攪拌著一鍋青豆湯。每隔一段日子，瑪利亞總是喜歡到附近的農墟，買一大袋有機青豆，並把它們變成一大鍋青豆湯；而她從來不知道，教授如此討厭這種湯沸騰時所散發的氣味，它那惡俗的青蛙綠色、那種濃稠的質感，以及當他把湯灌進嘴裡時，那些無論如何無法嚼爛的豆皮卡在喉嚨裡的感覺。然而，這一切如何訴說呢？當瑪利亞把它放在教授面前，他便無法說出任何抗拒的話；對教授來說，匆匆把那碗湯灌進喉嚨裡，比拒絕瑪利亞容易多了。自他們認識開始，只要瑪利亞一開口，他就無法不順服；教授Q自認，他不過擁有一條鸚鵡的舌頭，那無法幫助他拒絕一碗豆湯。

而在另一個夢裡，教授Q看見過那個坐在鋼琴旁邊的，披著頭紗的瑪利亞——教授Q是多麼感恩啊！他認為，在那些最濫俗的、共用的、反覆被述說的誓詞掩護之下，他這次終於可以堂而皇之地走向瑪利亞那波浪蕾絲滾邊的裙襬，而她無法說：你真粗魯。的確，瑪利亞的腳掌愉悅地赤裸著，那些自由的腳趾頭彷彿正在向教授Q傳達什麼訊息。教授覺得自己簡直靦腆得像一個正要步入教堂的新娘。瑪利亞就是教堂本身——你們祈求，就給你們；尋找，就尋見；叩門，就給你們開門，因為凡祈求的，就得著；尋找的，就尋見；叩門的，就給他開門。

「你願意嗎？」教授低聲在瑪利亞的耳邊問道。

教授聽到瑪利亞微小但響亮的笑聲，自房子的不同角落傳來，使他誤以為，那是教堂四周天使的鈴聲。為什麼有那麼多個瑪利亞？哪一個才是她的真身？其中一個瑪利亞的聲音來自他背後：「難道你不知道，她並沒有耳朵，無法聽見？她也沒有嘴唇，無法回答？」然而，教授卻上前抱住了穿著婚紗的瑪利亞，像一個粗野的孩子，用力地看進她的眼睛，彷彿期望那是一片透明的玻璃，可以讓他看到一個躲在瑪利亞身體裡的真正的瑪利亞。然而，他只能夠看到一個世界的倒映，以一種他無法理解的方式，鎖住了最要緊的一扇門（無法開啟的門，永遠被視為最要緊的門）。

這時，不同的瑪利亞在教授Q面前聚集起來，她們從他的手上，接過婚紗瑪利亞，然後，像對待一個人偶那樣，逐一脫去她的頭紗、項鍊、長裙、長裙下的內衣，直到她們能夠把瑪利亞像展品（或神）一樣，安放在餐桌上，瑪利亞完美無缺的身體便呈現在教授面前——教授感到無比驚異：瑪利亞的身體竟是一個真正的聖地，一個非常森嚴的身體，一座無門可進的教堂。

9

讓我們回到教授Q五十歲生辰一個多月以後那個秋日的黃昏。就在瑪利亞休息過後，和友人繼續談笑著，走下山坡時，教授Q已再次獨自來到維利亞的古董街。

這天，古董街四周異常冷清。匆匆走過一個穿著大衣的行人，看起來就像默片裡黑白的影像。卡片上所宣傳的表演似乎還沒有開始。教授Q遠遠便看到位於街角的那座店屋，他認得樓房二樓那個弧形的彎角。在地下那一層，廣告牌已被移除，然而，玻璃櫥窗竟也消失了。教授Q走上前去，只是看見一道關起來的銀色鐵閘，上面有著鏤空的水滴花紋，像一顆顆失去眼珠的眼睛。

教授Q回過身去，重新望向馬路的一方。為什麼街道上一個人也沒有？馬路並沒有被封起來，但此時竟沒有一輛車駛過。教授Q不自覺地走到馬路的中心，在街道的遠處，他看見一個打扮得像小丑似的男人，正在拋擲幾個紅色的小球。小丑慢慢地笑起來，直至嘴巴占據了他整張臉；此時，他已不理會那些落下來的小球，任它們打在自己身上，隨之滾到地上去。小丑向教授Q招了招手（小丑是在召喚他吧？在教授身旁，再沒有其他人了）。教授Q仍站在馬路上，小丑卻以誇張的姿態擺動著雙手，以高速向他滑來（教授發現，他腳上穿著的是溜冰鞋）。小丑在教授跟前剎停，把頭轉向了店屋，並指了指鐵閘的一角，教授Q才注意到，那裡放著一個金屬製成的傘架。現在不是雨季，雨傘卻排得滿滿的，而且也過分整齊了吧？小丑好像明白教授的疑惑，向他擠了擠他那隻畫了一顆銀色大星星的眼睛，並且擺出「請！」的手勢。

教授Q忽然覺得，小丑看起來十分面熟，但卻想不起在哪裡見過這張臉。他稍稍猶豫了一下，便走到傘架前，伸手想要去拉出其中一把傘，然而雨傘竟異常沉重，一動不動。小丑搖了搖頭，以他誇張地下彎的嘴巴，製造出一張哭臉。教授Q想起亞瑟王拔劍的故事，帶著一股怒意，再次去拉動其他的傘。然而，這些傘都像鋼鐵一樣沉重。突然，一把傘被教授輕易地拔出來了，但他因為用力過度而失去重心，幾乎要往後跌倒在地。這時，小丑及時扶了教授一把。教授Q還沒有回過神來，小丑已擺出了請進的姿態。鐵閘原來只是自動門的裝飾，被拔出的傘啟動了門的開關，此時，閘門已經大開。教授Q驚訝地發現，店裡什麼都沒有，只有一道向下深入，細窄的長梯。當教授Q俯身向下望，便不禁產生一陣昏眩感。

愛麗詩就在這道長梯之下嗎？教授Q感到一種恐懼，卻同時被那漩渦狀的黑暗的世界所吸引。門在他身後關上，教授Q抓著長梯的扶手，往下緩緩地探進。梯階好像走不完似的，教授Q無法看清前方，難以確定還有多久才能抵達它的底部，卻突然已經來到一道走廊。走廊連接著另一走廊，走廊的背面亦是一道走廊。教授Q在陌根地生活了多年。他只知道樓房的高度一直在攀升，書店、餐廳都匿藏在高樓裡，卻不知道人們竟也開始發展地下的空間。走廊燈光太暗，教授看不清楚眼前的事物，但他隱隱聽到一些機械在運作的聲響。

燈光忽然亮起，教授看到走廊兩邊的牆上盡是蛇行的水管，連著大大小小的水箱。水流被多個旋塞和閥門所阻，形成複雜的流動路線。一些機括被發動，幾個齒輪在旋轉，鐘滴答地行走，有鳥從牆彈出，有貓頭鷹在牆上橫行移動，鐘下擺叮噹叮噹地響起。水流在走廊盡頭的一個管道下瀉，形成了一條小河。河上有一條小小的上了發條的船在其中行駛，一個拇指大小的樂師在其上來來回回地，重複拉著小提琴。教授Q發現自己已經來到一個空空蕩蕩的房間裡，房間的地板滿布了黑白相間的瓷磚。在房間另一角落是一個黑色的三角琴，無人彈奏的琴鍵此起彼伏，正為小提琴伴奏。

沿著小河前行，房間另一個出口垂著兩幅天鵝絨的掛簾。教授Q用兩手把掛簾從中間分開，形成一個小洞，足夠讓他瞥見裡面的光景。教授Q首先注意到一盞高高的從天花板垂下的巨型水晶吊燈。他抬起頭來，看到拱頂裡那些衣著華麗的男女都戴著半臉面具，身上的衣服綴有狡猾的閃光，狐狸毛皮大衣晃來晃去。好一會，教授才意識到它們是宴會廳上人客的倒影。廳裡到處是酒精的氣息，穿著燕尾服戴上兔子耳朵的侍應托著銀盤川行而過。在這些人中間，還擺滿了巨型的音樂箱和自動人偶：碟形的布滿凹洞的金屬片在轉動；骷髏頭在跳舞；孔雀的屁股在噴水。

真正吸引教授Q的，是大廳裡的一面牆。那是一整片暗色的玻璃，看起來就像水族館用來隔開魚群與觀賞者的那種玻璃。然而，玻璃的另一面不是魚，而是許多個赤裸著的，或站或坐，擺出了不同姿態，靜止不動的人形身體。這些人形雖然完全僵硬，但眉目之間，卻同時散發著一股生命的氣息。教授Q很快在他們中間再次發現了那個皮膚蒼白的裸體女子——愛麗詩。

教授首先看見的是她的背，椎骨像百節蟲一樣，沿腰盤一直向她脖子爬去。愛麗詩用芭蕾舞者的姿態抱住她那雙屈曲成漂亮三角的腿，整個頭埋在兩腿之間。教授Q此時已禁不住慢慢走入了大廳，來到了玻璃牆的跟前。教授Q把雙手放在冰冷的玻璃上，觀察了好一會兒，才意識到愛麗詩並非坐著，而是被放在一個從側面立起來，朝他打開的箱子裡。如果箱子平放著，她就像一個沉睡中的胚胎。教授想更仔細地察看愛麗詩纖細的皮膚底下，若隱若現的紫藍色血管，但燈一下子滅了，她的身影也消失在一片漆黑之中。

幾盞射燈此時聚焦於一個舞台上。台上躺著一個似乎是來自歐洲的士兵，而一隻老虎正撲在他的身上。老虎張開的嘴幾乎要咬住了士兵的肩膀，牠尖利的爪抓住了他的衣服，並斷斷續續地發出咆哮的叫聲，而被壓在其下的士兵則不住擺動著一隻手臂，發出痛苦的嚎叫。士兵和老虎的身體都是木製的，但那些叫聲卻像是來自它們的靈魂那樣真切。台下的人對於人虎之戰似乎感到十分亢奮，一些人吹起口哨，一些人則叫囂著吶喊助威。這樣過了好一會，舞台一個機關啟動了，一個圓形的底座旋轉起來，觀眾便看到老虎和男人的另一面。

在這半邊，男人的身體已被咬得皮開肉裂，可以看到部分的胸骨及內臟。男人和老虎不再發出任何叫聲。一個魔術師從舞台後走出來，在黑色半臉面具背後，他的雙眼像綠寶石一樣在閃耀。這個人躬身行了一禮，便走向了虎人木雕。他伸出一雙戴上白色手套的手，從側面打開了老虎的身體，並開始彈奏。觀眾聽到一首來自歐洲的戰意高昂的凱旋之歌。舞台再次旋轉起來，魔術師背向著觀眾。觀眾這時可以看到老虎的身體裡原來藏著兩排銅管，而魔術師正在一排白色的按鍵上舞動他的手指。直到魔術師把兩手收回，轉過身，再次躬身行禮，宴會廳的燈光亮起，隨即是熱烈的掌聲。

魔術師走到一個講台之前，他拿出了一個法槌，敲了三下。宴會廳上頓時有不少人爭相舉起寫有號碼的白牌。當魔術師敲著法槌宣布新的競價，教授Q才意識到這是一場拍賣會。來賓手上都拿著一本印有圖文的小冊子，想來是一份拍賣清單。一身便服打扮的教授Q把帽子壓得更低，閃身走到一個沒有人注意的角落。教授Q聽到一陣歡呼和叫囂聲，似乎虎人木偶已經被賣出。此時，燈光再次暗下來，教授Q猜想，這該是第二個拍賣項目上場了。

大廳裡奏起了柴可夫斯基的《天鵝湖》。教授從帽子的陰影裡望向舞台。現在，台上只站著一個舞者。教授一眼便認出了她——裸體的愛麗詩。如今，她穿上了乳白色的芭蕾舞衣，頭上戴著一頂鵝形的冠，純潔的上衣緊緊貼著身體，下身的裙紗則像牛油生菜的葉片那樣舞擺著。舞台上還有更小的舞台，那是一個巨型的箱子，愛麗詩正曲起了一隻腳站在其上，兩手則像一把倒的掛扇子那樣打開來。

教授Q此時才意識到到，愛麗詩一直寄身的木造的箱子其實是一個巨大的音樂盒。現在，他能清楚看到音樂箱分成了三層，頂層是愛麗詩平日的藏身之處，當箱子頂蓋打開來，就成了她的舞台。在愛麗詩的小小舞台下，箱子的第二層鑲了玻璃，因此可以看到一個金光閃閃的滾筒在轉動，音樂隨突刺刷過音梳，像流水一樣湧出。愛麗詩的下巴抬得高高的，她開始旋轉起來，臉便像旋風一樣，隱沒在速度之中。過了一會，她突然跳起來，腳尖便像箭一樣不斷衝擊著同一點。教授Q覺得，在這些動作之中，愛麗詩的目光，總是持續地投向他。愛麗詩像鳥那樣迴旋於半空，她的目光便無處不在。她像鳥一樣降落於台上，她的目光便定住。

終於，愛麗詩的動作跟隨著音樂，變得緩慢起來。她收起翅膀，伏在地上前，雙眼最後朝教授的方向望去。那雙眼裡有一種變幻的色彩，使教授心中一懍。過了好一會，當觀眾的掌聲響起，教授Q才意識到表演已經結束，失去動力的愛麗詩待在那裡不會再起來了。魔術師再次從暗處走出來，他走近愛麗詩，橫腰抱起了她，把她收進那個巨型箱子的最上層，像收起一把小提琴。他關上箱子，把鑰匙插入匙孔，把它向左扭動了九十度，又再扭動了九十度，咔的一聲，現在，愛麗詩看到的世界必定是一片漆黑。

這一下子，魔術師就要把愛麗詩拍賣出去了？教授Q想。然而，當魔術師再次在講台上敲響了法槌，會場除了竊竊私語外，卻竟然沒有一個人舉起牌子。過了一會，魔術師再次敲了幾下法槌，直到會場靜下來，他便開始以不太純正的維利亞語說道：

「正如你們大多數人一樣，因為種種原因，我離開了家鄉，來到了陌根地，並已經在此生活了大半輩子。雖然不捨，但今天，我不得不告訴你們一個壞消息，我決定要結束這家『古董店』，離開這裡，回到我的祖國。」

為了等待議論紛紛的客人靜下來，魔術師頓了頓，才又再說道：

「然而，我也有一個好消息要告訴大家。正如你們知道，愛麗詩一向是我們這裡的鎮店之寶，非賣品，但是，如今，我不得不把她永遠留在陌根地。所以，在結束拍賣會以前，我打算把愛麗詩，送給現場的一位幸運兒。」

這一下子，會場裡的客人不免交頭接耳，再次亢奮起來，以致魔術師不得不再次敲響他的法槌。

「至於誰會得到她？嘿嘿。命運其實早已經決定了。現在，請大家都看看自己右手的掌心，看看誰被畫上了一個『X』號，那位就是幸運兒了。」

教授Q知道，並沒有人在他的手掌畫上過什麼，但他還是像廳堂裡的其他人一樣，打開了他的右掌。教授Q看著自己老去的，多皺的手，掌心上除了交錯的，令人迷惘的掌紋以外，便什麼都沒有了。然而，正是這時，一盞射燈把光芒像炸彈一樣，投落在教授Q的位置上。他驚訝地發現，所有的人都正在注視著自己。而台上的魔術師此時也正望著他。魔術師的嘴湊近了麥克風，聲音再次在那裡得到擴張。

「請你把手掌舉起來。」他說。

「然而，我的掌心根本沒有什麼記號！」教授Q大聲反駁道。

「怎麼沒有呢？上帝不就老早把它畫在你的手上了嗎？」

教授Q想再次看清楚自己的掌心，但現在，音樂聲又再響起來。四周暗了下去。教授Q何時已來到台上？愛麗詩何時已把她的一隻手，放在了他張開的手上？愛麗詩牽引教授Q，讓他的雙手，抱住了她的腰。她就在他的兩掌之間，旋轉了起來。愛麗詩轉動得如此急速，教授Q根本來不及看得清楚她的臉容。然而他自己，卻被籠罩在她三百六十度的，無所不包的目光之中。當愛麗詩緩緩停住，背向著教授，把一條腿在空中畫了一個半圓，再從後勾住了他的背。此時，教授Q仍無法看見愛麗詩，但她的背、臀部所形成的曲線，全都貼在教授Q的身上。這個人偶，竟是如此柔軟，比教授Q所接觸過的，「真實」的女體，更為柔軟。教授Q希望永遠留在這個動作上，但一瞬間，愛麗詩就再次跳起來。教授Q也不知道，自己是如何做到的，他舉起了兩腿張開的愛麗詩，讓她在空中展開飛翔的動作。當愛麗詩重新落到地上，教授Q的雙手便再次抱著她的腰。他站在她的背後，視線被她稍高的頭顱所遮擋，卻聽到了四周熱烈的掌聲。教授Q渾身發熱，他不確定，自己是否應該放開愛麗詩，還是就保持著這樣的姿勢。事實上，站在那裡的，確實就是他自己嗎？

此時，魔術師已經走近來。他把頭硬生生地插入到他和愛麗詩的中間，他的臉向著教授Q，他的嘴唇如此迫近，教授Q感到，自己幾乎就要和他接吻了。

「現在，只要你能回答一道問題，愛麗詩就是屬於你的了。」魔術師張開嘴來，熱氣便噴到教授Q的臉上。

教授Q的臉僵住，直到魔術師把頭重新從他和愛麗詩之間拔出來。魔術師這時再次說道：

「來吧，上帝在此見證，你——你是誰？我還不知道你的名字——是否願意，把愛麗詩帶回家中？在那個被人類占有的世界裡，承認她，另一個物種的存在，無論貧窮富有、無論環境好壞、健康疾病……你——這位紳士——是否願意？」

教授Q仍然用雙手抱著愛麗詩，他感到這簡直是一場婚禮了，而他卻無法看見自己的新娘。

「現在，你，有十秒的時間。來吧，告訴我，你，是否願意？」

大廳內除了滴答的鐘聲，教授Q再也聽不見其他聲音了。十、九、八、七、六、五、四、三、二、一。——時間正在向前，還是在後退？愛麗詩的腰消失了，正如她美麗的臀部，和腿。教授Q看見自己的雙手，正在擁抱著空氣。他舉起自己的右掌，在他的掌心，並沒有**一個**「X」的標記，事實上，它們一個疊著另一個，滿布了他的手掌。

10

陌根地的冬天沒有雪，但總有幾天，被同樣浪漫的灰白色霧霾罩住，遠處的山消失了，高聳的大廈像冬眠中的動物一樣沉靜。牠們緊靠在一起，不發一語，任半瞎的、摸不清前路的車子糊裡糊塗地在牠們四周繼續行進。這些年間，陌根地的霧霾是越來越嚴重了。這種只要伸出手掌就可以證實的事情，是不需要任何官方報告也能確知的，但偏偏，這是一個眼見不可以為憑的時代。電視上報紙上都說，陌根地不存在霧霾，反過來，也可以說，霧霾從來都存在，這是事實的一體兩面。無論我們相信事實的哪一面，汙染物都不可能是從北方飄來的；無論是兩地的跨境大橋，或是高速鐵路的興建，都不可能對陌根地的生態造成任何影響。

這天，瑪利亞身處的，位於獅子坡，共有一〇一層，落成還不夠兩年的政府大樓，也被隱沒在這樣的濃霧之中。可以想像，立在八十一樓的辦公室裡，拉開窗簾，城市在瑪利亞的眼底下徹底消失了。然而，一片白霧的景象，倒是意外地令瑪利亞感到安心。

瑪利亞工作的部門，原本設在維利亞島西區一棟十多層高的殖民地風格大樓裡。那座大樓不高，但立在山上，近可以看到山徑上的車輛和行人，遠則可以眺望到海灣的一角。當部門遷進這座新建成的摩天大樓，瑪利亞首先注意到的是，她辦公室的景觀完全改變了。在這高度根本看不到街道上人車的流動，聲音泯滅，深縱的街巷積滿無法觸摸的黑暗。每次走近窗，瑪利亞總是被一種隨時踏空的恐懼感攫住。

在大樓未建成以前，瑪利亞便不止一次聽到有工人從高處墮下的傳聞。

「就在這裡。」

「一下子就沒有了。」

「聽說最少跌死了兩個人。」

「一天吊車忽然停了。一個工人不得已要從吊車爬進屋裡，就這樣失足跌了下去。」

瑪利亞記得剛搬進來時，兩個清潔工人曾在她的窗前指指點點。瑪利亞想要上前向他們探問，但當他們發現有人後便警覺起來，只是微笑著點點頭，迅速走出了辦公室。瑪利亞接受教授Q的建議，在辦公室裡種了一棵熱帶植物，又在桌上放了一小缸金魚。然而，辦公室還是顯得空蕩蕩的。金魚擺動著尾巴時，常常在她眼角創造出一個鬼影，使得她心神不定。

隨著辦公室的搬遷，瑪利亞發現有些同事也一併消失了。保安人員和清潔工的臉孔連同他們的制服全都被換過。會計員M小姐不知道何時已經離職，幾個和瑪利亞相熟的文員也不見了蹤影。在一次跨部門會議裡，瑪利亞驚訝地發現，好幾個部門連主管也都換了人。其中一個部門主管是新近從北方調來的，被委任為會議的主席。會議照慣常程序展開，只是，瑪利亞總覺得，開會時大家比過去更靜默了，對新提出來的計畫似乎都沒有任何疑問。使瑪利亞更不安的是，有些會議事項似乎根本沒有經過決議，便當成新消息發布下來。然而，每當主席報告完畢，會上其他人都熱烈地鼓起掌來，露出嘉許的微笑，瑪利亞也只得跟著大家一樣點頭，微笑，用力拍掌。

瑪利亞認為，自己內心的疑惑，如果能和一兩個知心的同事商議一下，最少還能理出個頭緒，但問題是，在這個工作了多年的部門裡，一切突然都變得那樣陌生。瑪利亞不想魯莽地和這些新加入的職員議論部門的政策，事實上，他們知道的不會比她更多。更何況，在這當兒，贏得新同事的支持和信任是最重要的。瑪利亞比任何時候都更小心她的一舉手一投足。

瑪利亞再次記起，不久以前，她意外收到的一封電郵。從標題和內容上看，電郵似乎都與她的職務無關。電郵內，附了一張陌根地的城市規畫圖，投射了設計者所想像的，陌根地在二十年後的變化。在這張圖上，陌根地被勾畫成簡單的線條，被幾種明亮的顏色區塊所填滿，看起來，就像兒童玩的拼圖遊戲。瑪利亞覺得這個陌根地看起來相當陌生，這大概不單因為海岸線被更多填海工程所改動，也不是因為陌根地的海域裡竟多了幾個島嶼，而是陌根地的多個區域都被重新畫分過，一些原來存在的地區都自地圖上消失了。在地圖上，瑪利亞仍可以指認出，現在和教授Q居住的小區，但許多貧民區、老人院的集中地竟整片被勾走了（那些人將被送到哪裡去？）。而她打算和教授Q在退休的歲月裡行走的荷塘、山徑，以及紅樹林，都變成了高級住宅和商業地段；在綠毛地區，孤舟大學的一片土地竟變成了一個科研基地！

瑪利亞從沒有聽說過，孤舟大學將要停辦的消息。如果這地圖所顯示的，真是二十年後便要落實的規畫，許多工程應該很快便要（或已經？）開展了，政府怎麼可能還不曾向公眾諮詢？地圖所描繪的陌根地前景雖然讓瑪利亞感到恐懼，但她沒有進一步深究這張地圖，而是迅速地把它刪除了。瑪利亞告訴自己，這張標示了「機密」的地圖，顯然是有人不小心誤發給她的，她不得不嚴格地按自己的工作操守，把電郵和圖片都徹底刪除。事實上，瑪利亞很高興守則的存在，這讓她很容易就做出了決定——不由她選擇的決定。這種事情，無論和同事，又或是不知輕重的丈夫或朋友商議，都可能會掀起她無法控制的後果。如果有一個按鈕，可以把地圖自瑪利亞的記憶裡刪走，她會毫不猶豫地這樣做。這樣，最少，她小心計畫好的晚年生活，便不會被地圖的影子遮蔽，變得黯淡無光。

瑪利亞拿著保溫瓶，走出自己的辦公室。從她的辦公室走到茶水間，必得穿過一般員工的辦公大廳。這個大廳由許多屏風分隔成獨立的工作間，但當她走在過道上時，仍是能夠清楚看見員工工作的情形。他們或專注於自己的電腦屏幕，或正以電話商議著什麼，當他們瞥見瑪利亞時，卻紛紛坐直了身子，帶著敬意，向她點頭微笑。瑪利亞並不想員工誤會自己想要「巡查」他們。平日，她總是請秘書直接把茶或咖啡送到她的辦公室裡去，為的就是免得走出大廳，製造出緊張的氣氛。但現在，她決定自行走到茶水間——當然，這只是一個藉口，瑪利亞在茶水間門口經過，並沒有真的走進去。

瑪利亞悄悄推開了部門辦事處的玻璃大門，來到了走廊。一個推著一車清潔用具的女工正站在那裡等待上升中的升降機。女工稍稍瞥了瑪利亞一眼，卻沒有跟她點頭招呼。瑪利亞不認得這個女工。她想，大概她也不認得我，並頓時感到鬆弛下來。

瑪利亞讓推著車的女工先走進升降機裡，然後自己才走進去，縮到一個角落裡，盯著車上那些裝在兩個透明塑膠樽內的，大概是清潔液的藍色液體。升降機下降到一半時，有一剎那，機身輕微地搖晃了一下，藍色的液體濺起，在一種失重感中，瑪利亞禁不住發出了「啊！」的一聲驚呼。

「這裡太高了。」女工望著升降機還沒有打開的門，自言自語地似地說道。

「是的，確實是太高了。」瑪利亞以近乎感激的眼神望向她，低聲地應和著。瑪利亞渴望女工會再說出一些什麼，但直到升降機安全地落到地上，她都只能聽見自己嗡嗡的耳鳴。

11

對於瑪利亞忽然提議到山中的寺院靜修兩天，教授Q並不反對。他認為到山中一行，正好可以測試自己的身體是否已經復原。自從從拍賣會回來以後，教授Q既高興，又有點失落地注意到，自己已經許久沒有再看到愛麗詩的眼睛了。

瑪利亞計畫到訪的山中寺院，半老的旅人們早就拜訪過多次。就像過往一樣，他們拿著行山杖，戴著遮陽帽，像一群朝聖者向山裡進發。他們走得不算快，不時有年輕的行山者超越他們，但也並不算慢，保持著一定的節奏。山上的空氣濕潤，帶著一種青草的腥氣，同行的人都流露出精神煥發的氣息，不時說起笑話來。但教授Q邊行走卻邊覺得他們的語言奧妙難懂，彷彿話中有話，他有時仰起頭來，看到從葉片間傾瀉而下的陽光，便有中毒的昏眩感。

旅行者走進細窄的小路，兩旁樹木的陰影籠罩著他們，一群黃色的鳳蝶飛過，旅人口裡驚嘆，有人哼起歌來，教授Q卻生出許多幻影。按理附近的山路他都走過，但他發現自己幾乎認不出四周的景物。教授Q在渾圓而筆直，有著斑斑白點的樹幹之間行走，覺得自己正穿越許多女人的腿。這時，教授Q的臉上忽然沾了一顆水珠。他摸了摸自己的臉頰。是要下雨了嗎？不，不是雨，眼前是一道小小的瀑布，有些人爬到石澗之中，取喝清澈見底的溪水。教授望著在石上激起的水花，卻以為聽到女人歡樂溫軟的叫聲。

山裡顯然更冷了，一陣風吹過，葉子晃動的聲音裡似乎夾雜了許多細語。這時四周已經暗下來，一行人也已來到在一座叫做極樂的寺院前。有個架著眼鏡，戴著石英表的和尚來到大堂接待他們。這群旅人添了不少香油以後，和尚便帶他們到一座大殿，其中幾個人進香，幾個人跪下來搖晃籤筒。教授Q照例站在一旁，不過這天他沒有露出嘲弄或漠然的神情，而是被寺廟梁柱上所繪畫的裸女所吸引過去。過去他從沒注意到這座佛寺中有這等跳舞的仙女。她們的雙乳飽滿，腰間圍著飾帶，兩腿彈力甚佳地做出跳躍動作，只是臉容模糊。此時，愛麗詩的眼睛竟再次出現。教授Q不禁又驚又喜，但同時恐怕被寺內僧人發現，因而不禁四顧而望。

偏偏，這時一個小和尚走近了教授Q，問他可想要到抄書房抄寫經文。教授Q認為這個和尚看起來頗像個女孩，便禁不住打量他的身形，可惜僧袍又大又寬鬆，他根本看不出什麼。教授Q搖了搖頭，藉故說要到園子裡去走走。園裡有一個池塘，教授Q看著在水裡晃擺的錦鯉，嘴裡竟充滿了魚的腥氣。

這天晚上，僧人備好他們預訂的菜，桌上剛好放了一尾用芋頭做的魚。瑪利亞給整晚發呆坐著的教授Q夾了一片。然而，除了嘴裡的魚腥味，教授Q便無法嚐到其他。因為一天的勞累，旅人們很早就上床睡覺。教授Q和幾個男人被分配在一個四人房間裡，兩張雙疊床，綿綿地發出鼾聲。

教授睡躺在上層，看著白茫茫的天花板，忽然卻見其中有一道小小的裂縫。裂縫慢慢擴展，一個比拳頭還小的塑膠娃娃掉了下來，剛好擊中了教授Q的下體。教授Q還來不及反應，接著又有幾個掉下來。教授Q以一隻手按著嘴巴，不讓自己發出痛苦的叫聲，另一隻手卻去解開褲頭，想要起來察看一下自己的小東西是否無礙。此時，那些小娃娃竟都聚集在教授Q的小東西附近，好像要進行什麼集會。但她們什麼話都沒說，便伸出又長又厚的舌頭（啊，竟是比她們身體還巨大的舌頭）。她們天真活潑，像小孩舔吃甜點一樣，對付著教授勃起的小東西。教授Q感到又痛苦又快樂，只能用兩手使勁按住自己的嘴巴。第二天清晨，教授醒來，發現床上果然流滿了白色的精液。

教授Q悄悄清理好床鋪，其他人仍在睡夢之中。天色微亮，教授便獨自走到佛堂，再次用心察看那些跳舞中的仙女，並不自覺地跪下來，向著那些仙女禱告。此時，有一個僧人，悄悄地走到教授的旁邊，合十著，低下頭去，對教授Q說：「善哉。善哉。」教授Q望著僧人，覺得他的雙眼泛綠，並不像是本地人，便不禁感到格外親切。

「求大師指點迷津。」

「是日已過，命亦隨減，如少水魚，斯有何樂？」

「是的，是日已過，難道我就應該絕斷塵念？」

僧人哈哈大笑起來，他伸手往頭上一摸，頭套便被剝下來，隨即顯示出一頭鬈曲而濃密的金色頭髮來。教授心下一驚：這個不是主持拍賣會的魔術師麼？

「是日已過，明日卻將重來；而且，時間還說不定向哪個方向走呢。」魔術師從僧袍的內裡，摸出了一個袋表，袋表正滴答地前行。但當魔術師轉動表上的絞匙，天色竟重新暗下來。

教授Q問：「現在究竟是什麼時分？」

魔術師微笑了一下。「你們祈求，就給你們；尋找，就尋見；叩門，就給你們開門，因為凡祈求的，就得著；尋找的，就尋見；叩門的，就給他開門。」

「時間真的那麼重要嗎？重要的是你想要到哪裡去。」

此時，魔術師打開了廟堂裡的一扇暗門，門裡是一道可以通往更高處的梯階。它會把教授帶到哪裡去？門已從背後關上了。教授Q只能沿著階梯上行。梯階。走廊。時間好像在哪裡倒置了，一切那樣熟悉。在梯階的盡頭，推開天窗，教授看到了無法企及的天空。如今，它無味無色，連最後那道縫也已經緊閉起來，而教授Q又重新回到古董街上。

午夜看來早已過去了。店鋪都落下了鐵閘，一律是骯髒的銀灰色。在這裡，城市已經背過身去。教授Q覺得時間忽然變得很薄，像無聲的蟬，那用舊了，褪去的褐黃色外殼一樣，脆弱又易於折斷。教授Q發現整座店屋已被棚架和綠色的紗網圍起來。正如魔術師所說的，古董店已經結束營業了吧？古董店的另一面，是一條相當陡斜的坡段，在那裡，一道螢亮、恬不知恥的汙水沿著凹陷的地面，蛇形地往上坡爬去。

維利亞島這些街道是教授Q所熟悉的，但在陌生的空氣裡，他忽然意識到，他其實從未踏足它夜深的地域。他想像人們已經各自沿著夢，走上日裡無法看到的岔路，城市因此而脹大了好幾倍，像一個蜂巢狀的物體，變得更輕，一不小心，任何人也可以隨時掉進某個無法辨別時空的陷阱，永遠無法回來；但正因為它如此危險，竟充滿了未知的機會。

教授Q沿著裂開的坡度向上行，拐入了一條暗巷。暗巷的深處傳來了吱吱的聲音，一陣尿騷味隨即撲鼻而來。暗巷裡堆滿了廢棄的木頭、竹籮，地上也滿布了垃圾。然而，教授Q必須繼續向前行進，因為他看到在暗巷的盡頭，在垃圾堆裡，是那座巨型的音樂箱。

音樂箱現在側立著，箱子的蓋像一扇門那樣朝向他。門上插著一把銅造的鑰匙。教授Q把它向右扭動了九十度，又再扭動了九十度，門的機關就咔的一聲，開啟了。愛麗詩這天並沒有側著身子，抱膝而坐，而是面向教授蹲坐著。她身上的衣服都被解下來了，她的乳頭四周，爬滿了細細的綠色的靜脈，她的兩腿之間，竟有一束像是剛被修剪過的毛髮，在毛髮之間，是一個微微張開來的嘴。愛麗詩的身上有那麼多張嘴，她臉上那嵌入了幻彩眼球的兩張嘴，她微微露出牙齒的那張嘴。她的兩手張開，身體上的每一張嘴也在無聲地呼喚，向教授說：進來吧，進來吧。教授Q欣然走進了櫃裡，同時不忘把門關上。此時，當教授Q在他剛過五十歲，骨頭、血管都有點硬化的身體內裡，確認了愛情柔軟的感覺，暗黑的世界便像浪一樣把他們淹沒。

12

我建議你不必問第一次出軌、慌亂無章的教授Q，一切如何發生，因為教授Q只會以一種置身事外的腔調回答你說：事情就像狼奔豕突，不由他操控。教授Q相信，一定是他的老朋友鷹頭貓，暗中把一切調配、安排好了，而他自己，不過迷迷糊糊地目睹它的發生。

教授Q記得，某天早上，來了四個大漢，全都穿著一種令人厭惡的泥黃色工作服。在一串令人寒毛倒豎的門鈴聲過後，還沒有完全醒來的教授Q甚至不記得自己開門的動作，四個大漢已拿著膠紙帶和木板在家中來回急速地走動。他們大刀闊斧地從書房裡搬出密封好的箱子時，上衣繃緊，快要飛彈而出的鈕扣閃閃發亮。教授Q把自己安置在牛皮沙發裡，靜靜打量那些大漢把自己多年來搜集的書籍、玩偶、畫卷、雕塑、影碟……不斷塞進一個又一個的紙箱裡，簡直無法相信，小小的書房居然可以容得下那麼多亂七八糟的事物。

教授Q覺得，一切都很令人滿意——除了因為四個工人體型過於巨大，動作過於誇張，因而發出令人心煩的砰砰嘭嘭的聲響。

「他們會惹來所有人的注意。」

教授Q雖然擔憂，卻無可奈何，當他焦躁地步出走廊時，鄰家的小男孩正好在鐵閘後望著他。男孩木無表情，像青蛙一樣蹲坐著，兩手牢牢地抓住被雕鑄成花葉狀的鐵閘，一雙眼睛毫無顧忌地打量著教授Q。教授Q想要裝作若無其事，卻偏偏顯得格外羞澀。教授把自己的身體縮回房子裡去，此時，剛巧大漢們也終於合力把教授最後一個大櫃子咿咿啞啞地抬出了門外。

教授Q站在客廳裡，通過打開了的房門，瞥了一眼自己變得空蕩蕩的書房。他看到一小片陽光在灰白的牆上晃動著，像一隻手輕撫著剛剛經過腫瘤切除的身體——教授Q覺得這隻手彷彿也撫在自己身上，使他焦躁的心得到安慰。教授Q確實感到好一點了，搬走了各種雜物以後，這個房間看起來皮肉鬆弛而又氣若游絲，然而卻同時有種正在孕育新生命的初始感。

「現在，你需要的是一個偷情的地點。」教授Q想起鷹頭貓的話，並禁不住對自己點了點頭。

接下來，早已安排好的貨車和小艇把一切運到了一個荒蕪的小島上。教授Q很驚訝，居住在陌根地多年，他根本不知道存在著這樣一個小島。小艇在一片小小的海灘泊岸，越過海灘，可以看見幾座面海的房子。島上大概有過繁盛的日子，但剩下的建築物如今都變得破破落落，似乎早已沒有人居住。倒是一座立在山丘上的小教堂，白色的外牆爬滿了紅葡萄藤，卻仍像鴿子一樣可愛。教授Q抬起頭來，看見兩面坡的屋頂上，伸出了一個小小的十字架。

「這大概是早期維利亞傳教士建的吧？」教授Q心裡說：「真見鬼，現在究竟有誰會到這樣的地方來？」

「像你，像你有著不可告人的秘密。」教授Q聽見鷹頭貓帶著嘲弄的語調說。

鑰匙像蛇深入到一個小小的洞穴裡，教授Q的手腕一使勁，便發出咔的一聲。教堂的門被打開來，教授Q遠遠便看到了在教堂裡殿正中央的牆壁上，掛著一個木雕的耶穌受難像。作為無神論者的教授Q沒有上教堂的習慣。到歐洲旅行時，他倒是到過不少教堂裡去參觀。高圓拱頂、滿目的天使與聖人總是令他呼吸困難，如果意外聽到聖詩合唱，那就更是教他渾身寒毛倒豎。為什麼鷹頭貓居然會選上這樣的地方？

不過，教授Q很快注意到這座小教堂的屋頂是簡單的尖拱式，附以弧形木桁，低矮的拱頂看起來離天堂甚遠。而且，鷹頭貓大概早已安排打點過，教堂四周放滿了有兩個人高的書架，教授的書不知何時已經被整齊排列在架上。中殿裡信眾的座椅都被撤走了，中央的位置竟安放了一張巨大的四柱罩紗帳仿古桃木床！教堂被改造成一個現代化的起居室，沙發、書桌、冰箱、盥洗設施、音響一應俱全。原來可憐兮兮地瑟縮一角的梅菲斯特、唐吉訶德和其他雕像現在全神氣活現地站在教堂兩側那些手工精緻的木造展示台上，被一個個閃閃發亮的玻璃罩好好地保護著。而愛麗詩，她的舞台就立在大床邊，她本人則穿上了白花花的舞衣，以一隻天鵝的姿勢，準備迎接教堂的新主人！

雖然島上看來杳無人煙，但教授Q還是很高興，教堂主要的玻璃窗都已經被黑色的布幔遮蔽起來。教堂的兩側還擺放了一些巨大的畫作。比如說，一組三聯畫，從左到右，順序繪畫了伊甸、凡間和地獄的景況。這些畫是教授Q自己的藏品嗎？如果是的話，它們大概也已經久不見天日，教授根本無法記起。教授Q打量著在伊甸園裡，亞當和夏娃年輕美麗而又肉感的身體，可惜，神就立在他們之間，走獸禽鳥，一切各安其位，這個世界不可說不沉悶。不過，人間的部分就不同了。啊——園中那些男女看起來是多麼放蕩啊！他們赤裸的身體像花瓣一樣重疊起來，手裡抱著的葡萄比人臉還巨大、樹上的禁果採之不盡，有些人置身花果之中、蛋殼之中。他們把鮮花插進彼此的屁眼裡，把樂譜印在屁股之上，還對著鳥嘴吹奏起來。至於地獄，教授Q覺得一定會更有趣，然而畫家的用色太暗沉，加之大概年日久遠，即使他湊近去，還是無法看清楚其中的細節。

教授Q轉過身去，注意到教堂裡還放了一張三面鏡梳妝台。教授Q走到鏡前坐下來。這個初老男人並沒有興趣觀摩自己的臉，他只是想在鏡裡更清楚看見這座教堂的內部——三面鏡並沒有讓教堂更一目了然，倒是把眼所能見的景觀拉成了一串充滿了矛盾的重影，把平面的世界化成了曲折的風琴狀。教授Q忽然意識到，值得驚訝的，並不是居住在陌根地多年的他，竟從不知道這座小島，以及這座教堂的存在，而是他所居住的地方，竟從沒有一處，像這座教堂一樣，寬容地接納過他，以及他所鍾愛的一切。被教授Q像秘密一樣收起來的東西，現在那樣華麗地在鏡子裡得到複製、擴張。他的愛人，愛麗詩正在鏡子所催生的許多個平行世界中同時注視著他。如今，教授Q再也不害怕她的目光了，事實上，她的雙眼就像夢裡的太陽一樣，鼓舞著滋養著那些被沉悶無味的現實世界禁止的一切。

13

教授Q如今重新發現了作為一個犯罪者的快樂。每天，他從家裡，從大學裡逃走，拿著他那把蛇一樣的鑰匙，只一心潛進教堂、音樂箱的秘密世界。教授Q喜歡把愛麗詩抱起來，安放坐在梳妝鏡前的一把椅子上，站在愛麗詩身後，手裡拿一把純種野豬毛刷，用它梳理愛麗詩細長而柔軟的頭髮，從不同的角度探索鏡裡她那被長長睫毛遮掩著的秘密的眼睛。

愛麗詩現在不常穿著侷促的舞衣了。教授Q過幾天便給愛麗詩換上一套新的衣服，絲質內衣、小熱褲、吊襪帶、西裝外套、晚禮服、斗篷……教授Q可是把從女學生、維利亞島上的女郎、時裝雜誌上觀摩得到的靈感通通用到愛麗詩的身上。

教授Q對於愛麗詩和她的音樂箱現在有了更多的了解。巨型的木製音樂箱中層鑲了玻璃，讓觀賞者可以看到齒梳如何爬過金屬滾筒；拉開最下一層，則是一個巨型抽屜，收有可供更換的其他七個滾筒。只要換上不同的滾筒，攪動上鏈，音樂箱便可以奏出不同的音樂。音樂箱的最上層，打開來便是一個舞台，只要把愛麗詩穿上舞鞋的雙腳放上去，她便會跟隨音樂，跳出不同的舞步。教授Q驚嘆愛麗詩的身體竟是如此靈活多變，只要變換一種音樂，她看起來就是一個完全不同的女人！

有時，教授Q會坐在沙發上，喝半杯甑酒，或是一小杯威士忌，欣賞愛麗詩舞動時，身體變化的姿態，詮釋她以身體向他傳送的語言。有時，他只是把她的身體當成一個實驗場，在舞台上擺放成各種花式。很快，教授Q對愛麗詩的身體已經瞭如指掌，她臀部的弧線、膝蓋可能扭曲的幅度、她那粉紅色的手指甲和那象牙色的月牙形邊緣、她頭髮在不同時刻展現出的明暗色彩……

教授通常每天只讓愛麗詩跳一支舞，然後便會仔細檢查她的手、臂膀、腳踝和膝蓋。教授Q原來進行中的研究暫時被擱下來了，他把大部分時間花在研究音樂箱和玩偶的保養和維修上。當他的手觸及愛麗詩瘦削的像兩頭畏縮動物似的膝蓋時，他會想，雖然在人生的時間上晚了一點，但他還是可以證實自己是一個體貼的情人。

的確，不要以為教授Q因為被困在小小的教堂中，戀愛生活便會變得乏味。每天，這兩口子都有一段時間，一同待在一張特別訂製的雙人座辦公室椅子上。椅子鋪了一張誇張的豹紋座墊，以便教授Q和愛麗詩雙雙坐在書桌前讀書與寫作。教授Q喜歡在看到精彩的段落，或腦裡冒現新奇的想法時，別過頭去，只是或輕輕或激烈地向愛麗詩拋出眼神，那麼愛麗詩，美麗而善解人意的愛麗詩總是不忘給他含蓄而正面的回報：她那微微噘起，半開著，總是充滿了欣喜和肯定的玫瑰色嘴唇；她那閃爍不定的，像海一樣變幻著顏色的眼睛總是對他說：是的，我明白，我全部都明白。

在教授Q這一方面，作為一個情人，他確實在知性與感性上都無可非議。尤其，他是如此充滿想像力地試驗了各種可以和愛麗詩共處的方式。比如說，一天，教授Q竟不知從哪裡弄回來一匹神情高傲、渾身雪白而鬃毛金黃的木馬。木馬有一弧形底座，輕輕一推，馬兒就搖搖晃晃地跑起來。當然，在馬背上，是教授Q和愛麗詩已經雙雙赤裸著的身體。教授想像自己像一個童話裡的王子那樣抱住了愛麗詩——不是那些給兒童寫的，淨化了的童話故事，而是民間故事裡的，充滿了慾望與激情的——「看見嗎？月光和夜色在奔馳。」教授指著一張掛畫，貼著愛麗詩的耳垂說，「下一次，我們可以換上雪地、草原，甚至，如果你喜歡的話——地獄的場景。」

14

這段日子，教授Q可不能每天都準時回家了。一向像灰姑娘那樣乖巧的教授Q，有好幾個夜裡，竟在午夜以後才回到家中，因此不得不躡手躡腳，偷偷鑽到床上，好不去驚醒熟睡中的瑪利亞。有時，教授Q昏睡過去，抱住了妻子的手臂或大腿，還以為自己懷裡的是大膽多情的愛麗詩！

自從有了一座可以和愛麗詩幽會的教堂，教授Q是越來越不想回到孤舟大學去了。即使當教授Q回到大學，世界也悄然隱沒在教授的盲點裡。

或許，愛情開啟了教授Q的一隻眼，卻關上了他的另外一隻。這天，當教授在校園裡四處行走，卻竟看不到圖書館的門外，飯堂的牆壁上，到處貼滿了抗議的標語。起初，它們抗議一個參加地區選舉的候選人被無故取消了資格；它們抗議學生報館被惡意破壞；抗議學校強制學生參加北方語的考試；抗議警察進入學生宿舍進行搜捕……如今，這些充滿了感嘆號的語句被撕下來多次，又重新貼上，因此看起來有著垂死掙扎的姿態。

教授Q走過山上那片小草坡，經過大儒的雕像，他有點奇怪，聖人如今為何被幾個鐵馬圍住。銅像看來堅實如昔，難道他會對途人構成什麼危險？教授Q並不知道，讓大學管理層感到危險的不是銅像，而是連日來在這裡集會的學生。他們不單拉起橫額，還把標語貼在儒者身上，抗議學校無理處分「滋事」的學生。這些標語與大儒結合起來，不免讓人聯想到當初大儒如何受到北方政權迫害，才和妻子逃到小小的陌根地，創立孤舟大學。大儒身上的標語還未被徹底清除，只是教授Q目力不及，根本看不清楚眼前的一切。

直到有一天，當教授Q心不在焉地變換電腦上的簡報，從窗外射進來的陽光突然擾亂了他的視線，使課室白色的牆壁看起來像是巨大的警示牌，他才意識到，可以坐上百人的課室裡，除了他自己以外，只剩下零落的三個聽眾的事實。

教授Q突然不發一語了，他把雙手交疊在胸前，神情像是看著一齣與自己無關的戲劇。坐在前排咬著筆桿發呆的男孩望著教授Q，有點不知所措。坐在最後排的那個女生卻過了好一會才停止抄寫，抬起頭來。靠著窗，歪著頭在睡覺的男生則似乎仍在他的好夢之中。因為教授不再說話，他呼嚕呼嚕地起伏著的打鼾聲也格外響亮。

課室裡一種近乎荒誕的氣氛讓教授Q覺得可笑。不過，他可不知道自己臉上突然綻放的笑意讓那幾個學生覺得更為怪異。教授此時再次開口了：「為什麼你們不到外面去，幹點更有意義的事？」

「陽光那樣明媚，你們卻偏偏留在這裡埋頭讀這些死去的文字。要知道，分析和論述不會讓你們真正進入詩歌裡，只有物質才可以，把文字重新接合上世界的肉體才可以！」

教授此時從課室講台的中央向右邊走，打開了門，並且做出了請學生們離去的姿勢。學生們面面相覷，搞不清教授是說笑還是認真，然而，他們還是悄悄地把物件收拾好，在教授Q嚴正的目光中離開了課室。

只有一個學生，教授Q之前沒有注意到的，仍坐在那裡。事實上，那並不是一個學生，而只是他／她的影子。教授Q不太明白，怎麼一個影子可以不依附人體而坐在那裡？然而，教授Q並沒有勇氣走上前去質問他／她，只是站在教壇之上喝令道：「你！怎麼還不離去？」

「真正的課還沒有開始，為什麼我要離開？」

教授Q感到奇怪，那不過是一個影子，怎麼聲音聽起來比人還響亮？而所謂的真正的課是指什麼呢？教室的燈光此時慢慢暗了下來，影子的輪廓變得不再那麼清晰。課室自動節約電能的系統看來即將要啟動，教授Q試圖快步走近那個影子，但在他就要來到一個空空如也的座位前時，他聽到機器停止運作時一個突兀的響聲，就像課室的心臟突然停頓。這裡的事物，包括影子，以及他自己，在全然的黑暗裡，忽然不再確切地存在。

15

教授Q與愛麗詩的愛情無關世俗，也絕無功利的成分，教授對愛麗詩所付出的一切，並不祈求任何回報，然而，就像蝴蝶拍翼也能翻動宇宙，無論你是否願意，一個水波將生出另一個水波，一陣風必生出另一陣風。想想看，作為一個跳舞娃娃，那些被關在音樂箱裡暗黑而靜寂的日子，現在總是被隨意打開來，曝露在教授Q毫無節制的幻想世界之中，對她來說，造成了生命本身多少的混亂！

然而，教授Q居然還是日復一日，把他的嘴唇貼在愛麗詩的耳垂上、把手指深入到她身體每一寸的隱秘領域，他整個人就像笨拙的爬蟲類一樣，在她身體起伏的地形上爬行，留下濡濕的痕跡。在某些激蕩人心的時刻，教授Q想，比起行走在陌根地的山脊，這些才是真正的探險，有幽徑有跌蕩有意外的探險！現在，他看到了陌根地從未向他展示的扣人心弦的風光，多少次，他感到自己立在山頭之上，雙腳顫抖著。是的，教授Q感到恐懼，卻不是被驅逐的恐懼，而是想要奮不顧身，擁抱死亡的恐懼。啊，愛麗詩，他抱著她的身體，心急得不知道向哪求死。然而，這混亂肉體的一切，對於愛麗詩來說，不過仍只是一種外緣的滋擾，它們對她內心所造成的震撼，遠比不上教授Q每天播放的音樂、向她唸誦的詩篇，以及和她一起閱讀那些小說和哲學書籍！

事實上，教授Q本人也在這座教堂裡，悄悄地經歷了一些變化。教授Q發現，一旦來到這裡，自己的舌頭竟像蛇一樣分裂，能夠說出各種自己沒有意料的新鮮詞彙來，它們的意義像鑽石一樣閃爍著，充滿了可能性。如今，著魔似的，教授Q試圖藉著發展、駁斥一些偉大的論述，發表他個人對於愛情、時間、意識、慾望、存在，以及各種還未及命名的新領域的看法。甚至，教授Q短小但堅定的身影如今投射在教堂裡一片高牆上，看起來也比平日英偉多了。啊，當然還要多得愛麗詩這個激蕩人心而又永不批判及懷疑的觀眾！教授Q發現自己的頭腦從未如此澄明，自己的觀點竟能如此精闢與發人深省，常常令自己也大吃一驚。教授Q因此更加緊把自己偶發的演說抄寫下來。雖然還不太清楚確切的主題，教授Q深信，這些字詞最終將變成一部重要的學術著作（或者長篇小說？），給他帶來不曾有過的聲名。而且，一旦來到這裡，他又竟再次寫起詩來了，誰說他不可能成為一個大器晚成的詩人？

有一天，教授忽然詩興大發，便吻了吻愛麗詩的前額，鎖上了教堂的門，獨自到荒島各處走動。當他從沙灘上散過步，爬上附近另一個小山丘，在一個瞭望處，竟看到遠方綿延的山脈上，有一座熟悉的灰色樓房。

樓房那樣眼熟，只是因為角度不同了，教授好一會兒才認出它來——那不是他平日工作的那座辦公大樓？原來孤舟大學就在島的西北方。教授打量著那座木無表情的大樓，在大白天，所有窗口看起來都是黑漆漆的，教授便越發覺得它顏色灰沉，土裡土氣。

「天氣這樣好，陽光這樣明媚，還有誰待在辦公室裡工作？」

教授Q的腦海裡忽然浮現起新入職的那個助理教授W的臉孔來。這個W，最初看起來一臉朝氣，青春無限，但教授Q注意到，不到一年，他臉上的皮膚看起來已鬆弛多了，烏黑的頭髮裡也出現了些明顯的白髮。在最近幾次系務會議上，不是有人提議把到中學進行宣傳、撰寫學系報告，以及其他瑣碎的行政工作都交給W？而他竟面不改容，甚至近乎感恩似的，都一一答應下來。當然，W這樣做可能有利於爭取升遷，但這個人唯唯諾諾，已經到連辦公室裡的小秘書都可以支使他的地步，還能有什麼希望？

倒是教授Q，他覺得自己近日少了回大學去，精神比往日好多了，頭腦也比較清醒，倒好像年輕了十歲。這時，教授Q不自覺瞇起一隻眼，伸出了右手，嘗試以自己的拇指，遮住遠處的大樓。教授Q想像，只要自己的拇指輕輕一推，大樓便會倒下來，並因此禁不住呵呵地笑了起來。過了一會，教授忽然有點不安起來。他快速地瞥了一下四周。山路兩旁是高聳的樹木，它們的影子斜斜地投射在一條狹窄的山路上，路上一個人也沒有。這明明是杳無人跡的小島，教授Q笑自己實在太多慮了。他再次望向辦公大樓。這時，他想起自己平日在其中一扇窗後埋頭埋腦地工作的樣子，便忽然感到氣憤。

「我把多少青春，浪費在那個地方！」

「看，這麼多扇的窗戶，你能想像，每一扇背後都有一個滿頭大汗、正和經費申請表、學校宣傳計畫書，以及一大堆文件戰鬥的大學教授嗎？」

教授Q自言自語了好一會，再次瞇起眼睛看著大樓，把自己偉大的拇指伸向它，把它遮蔽。站在島上，教授Q確乎覺得，自己已是一個新的人，再也沒有人能輕易糟蹋他，支使他，便又禁不住再次呵呵笑了起來。

至於愛麗詩，她的變化可要沉靜、緩慢得多。在教授Q的目光看來，愛麗詩一如過往：沉默、美麗、神秘，除非身體平躺時雙眼閉合，她的一對眼珠總是以宇宙的容量，在隨時可以飛走的，翅膀一樣的睫毛底下，一無所懼地收納著這個世界。然而，這一切不過是生命突變的前奏，沒有人知道，這一刻將在什麼時候來臨。

這天，教授Q回到教堂時，天已經完全暗了下去。這段日子以來，每逢接近黃昏，教授Q便變得有點憂鬱。他用豬鬃梳子，慢慢梳理好愛麗詩那一頭被他搗亂過的頭髮，整理了一下她的衣衫。反映在三面鏡子裡的愛麗詩看起來像是一個三位一體的神，一個離得他那麼遙遠，彷彿只存在於夢裡的神，永遠不能真正和他共享人間的歡樂。

每次從教堂離去前，教授Q都得把愛麗詩重新鎖進神聖的音樂箱裡。這個對教授Q來說，近乎儀式性過程，常常得花好些時間才能完成。有時他會磨磨蹭蹭地檢視愛麗詩的脖子，或是一顆顆摸索她的腳趾頭，才心不甘情不願地，把她重新安放到箱子裡。然後，教授Q會像她從前的主人一樣，兩次九十度地扭動鎖匙，把愛麗詩再次關進暗黑的世界。

然而，這天，當教授Q正在專心地給愛麗詩做最後的檢查時，他忽然感到有什麼在他的褲袋裡抖動了一下，他伸手摸了摸，才意識到是自己的電話在震動。瑪利亞傳來的訊息使教授記起，這天是他和瑪利亞結婚十周年的紀念日。什麼都沒有準備的教授Ｑ一時心慌意亂，以致在上鎖的過程中，把動作重複了一次，鎖匙扭向了相反的方向。教授Ｑ匆匆離開了教堂，沒有注意到，自己並未關掉書桌上的座檯燈；當然，在拉合起來的黑色帳幔後，有一扇打開來的窗也並未掩上。教堂的門剛剛被關起來，醞釀了一整天的風便迫不及待地，由外面爬進來。

風爬進來。在地板上、書桌上、在抄寫了半頁的筆記上，然後風開始走動，奔跑起來。一定有什麼聖靈被觸動了。書架上被翻過許多遍的書頁彼此摩擦，彷彿用難以聽見的聲音在低語。發情的牆壁在微微顫抖。黑暗裡閉鎖的事物一半沉睡著，一半等待醒過來。這時，古老音樂箱沉重的門從內裡輕輕被推開了，猶猶豫豫地發出吱吱嘎嘎的聲音。

16

教授Q，教堂的臨時主人，當他離開了荒蕪的小島，回到獅子坡，微微地弓起背來，急步走在行人道上，竟又重新變回一個忠心的丈夫，一個不得志的教授，一個因為趕赴約會而渾身冒汗的初老男人。

瑪利亞預訂的餐廳離他們家不遠，是一家辦得不錯的連鎖西餐廳。瑪利亞不做飯的日子，他們偶爾也會到那裡去。不過，今天，餐廳從遠遠看起來就和平日有些什麼不同了。是因為那黑色的玻璃外牆上，掛起了一串串，像雨點一樣的燈飾嗎？為了迎接「回歸」祖國十周年，不少商店都特別裝潢起來，希望吸引那些即將到陌根地來參加慶典的剎難旅客。或者西餐廳也在打這個主意。不過，感覺的不同，或者只是因為，這天，教授Q手裡拿著一束白玫瑰，它們開得太滿了，幾乎就要凋謝，因此香氣加倍的撲鼻而來，使教授Q

覺得自己真的正要趕赴一個情人的約會。

結婚這麼多年來，教授夫婦從來沒有慶祝所謂的結婚紀念日。教授Q有點奇怪，瑪利亞今年怎麼突然有這樣的興致。而且，當教授Q走進餐廳，他發現在座位上等待著的瑪利亞，看起來也有點不一樣了。當再走近一點，教授Q便看清楚，瑪利亞這天的嘴唇上泛著一層紅色的油脂，雙頰撲上了桃花碎粉，脖子上還掛了教授Q多年前送她的一串珍珠項鍊。

教授Q遞上了花束，想著要如何解釋，自己竟遲到了近半個小時。出乎教授Q所料，瑪利亞似乎半點不介意，只是微笑著接過花束。

教授Q輕輕吁了一口氣，終於沒有解釋什麼便坐下來。

「我幾乎認不出你來呢。」教授Q說，但話一出口，他便感到後悔。教授Q本來想要說出一些什麼來恭維自己的太太，但語調完全不對，使得這句話聽起來，竟像是在故意嘲笑她。

「這陣子，我也幾乎認不出你來。」瑪利亞直直地看進教授的眼裡。教授Q心下一驚，瑪利亞的臉看起來那麼溫柔平和，但為什麼她說的話竟像是在對我反唇相識？

教授Q注意到瑪利亞身後是一面暗色的玻璃。他小心地，略略地挪動了一下身體，想要看看玻璃鏡中的自己。在鏡子裡，教授Q幾個月來故意不加修剪的，鬈曲的頭髮已經留得頗長了。今天，他穿了一件短袖的襯衣，衣領上束了一條花花綠綠的絲巾，教授Q記得，自己早上出門前，還好好配襯過，怎麼如今看起來像個過氣的樂團歌手？

瑪利亞倒沒有再說些什麼，而是招來了侍應。他們各自點了一份套餐後，瑪利亞還要了一瓶紅酒。

這可一點不像平日的她，教授Q想。他看著自己的妻子，這個上了年紀的女人把自己的臉面保養得像她脖子上的珍珠一樣圓潤、飽滿，身體壯健，事業順利，生活一切恰如其分，既不為工作，又不為情慾所苦，確是值得慶賀。忽然，教授Q甚至有點妒忌起來。教授Q把身體靠在椅背上，一種沮喪感襲來，即使不看進鏡子裡，他彷彿也可以感受到自己那些向下垂掛的，使人疲憊的鬆軟皮肉。大學教授看起來是一份體面的工作，但現實是，如今，他仍是大學裡一個任人糟蹋的小角色，也不要說，這麼多年來，那麼多情慾的掙扎

——他難道不像一個小丑似的悲劇人物？

侍應給教授Q和瑪利亞倒了酒後，他們便碰了碰杯。

「為我們的婚姻。」瑪利亞說。

「為我們的婚姻。」教授Q也說道，卻拿不準瑪利亞的語氣裡是否有反諷的意味。

「說起來，你已經好一陣子沒有和我們一起到郊外旅行了。」

「這陣子，學校可忙了。」為了加強這句話的可信性，教授Q還故意皺起眉頭。

「嗯？我以為學生已經在鬧罷課？」

教授Q的手抖了一下，紅酒在杯內濺起了小小的浪。「竟然是罷課了嗎？難怪課上的學生那麼少——」教授Q這時故意打了一個哈哈，笑著說：「正是學生罷課，我們才更忙了起來。我們幾乎每天都在開會想法子應對。」

「確實是使人頭疼。你們打算怎麼處理？」

教授Q此時也疑惑起來，如果學生真的鬧起罷課，為什麼至今沒有收到過大學高層的電郵，不然，教授Q雖然近日沒怎麼留意新聞，也不至於完全沒有聽聞此事。教授Q估計，校內高層一定就事件進行過閉門會議，商討過進一步的行動，因為自己職位低微，才沒有聽到半點風聲。

教授Q又忽然想起，不久以前，在學校走廊裡，那個新來的教授W迎面走來，卻像沒有看到教授Ｑ似的，幾乎就像要繞過障礙物似的繞過他，徑直向前走去。倒是教授Ｑ主動叫道：「教授Ｗ！」他才匆匆回過頭來，說是趕著要參加什麼會議。那時，教授Ｗ臉上流露出的，可說是既得意，又似乎有些尷尬的神色。雖然教授Ｗ的表現有點惹惱了教授Ｑ，但當時，他可沒有細想，教授Ｗ參加的究竟是什麼會議，他們處在同一個系裡，為什麼教授Ｑ會一無所知？難保他參與的，不是關於學生罷課的討論？

不過，管他呢？教授Ｑ不想成為權力的核心，更不想捲入任何政治紛爭。對於他來說，最重要的，是順利拿到終身教席。今年，他便要第三度遞交申請了。前一陣子，系主任不是才拍拍他的肩膀，親切地對他說過，這一次，他準會成功。「我看過你的工作報告，我看你完全沒有問題。」教授Ｑ想，現在是關鍵時刻，尤其要小心，不能節外生枝。

「如果是機密的決定，你大可不必告訴我。」大概是看教授Ｑ久沒有說話，瑪利亞終於說道。「我在政府裡工作，自然明白每個組織都有它自己的守則。」

「不過，」瑪利亞頓了一下又說：「周末及周日，我們一起到郊外走走吧。沒有其他人，就只你，和我。」

教授Ｑ低下頭去，用叉子把一撮意粉捲起來，塞進嘴裡，心裡只是浮起愛麗詩站在舞台上的姿態來。

隔了一會，瑪利亞又補充了一句：「你知道，目下你看得到的風景，說不準明天就煙消雲散了。」

教授Q不確定瑪利亞說這句話的用意，但此時終於點了點頭，又和妻子碰了一下杯。

於是，接下來的兩天，教授Q和妻子走到陌根地的山上、海裡。他們甚至還僱了一輛小艇，一起在湖上泛舟。即使沒有說話，這對夫婦也知道，許多大學時代的回憶，同時湧上了他們心頭。晚上，他們一起鑽進被窩裡，瑪利亞竟然悄悄脫去了所有的衣服，主動去拉教授Q的手。教授Q撫摸妻子的身體，就像撰寫一份論文那樣，小心翼翼地審詞度句，他的手經過她的大腿、腰身，她的乳房和脖子，他吻她，為文章補上最後一個句點。

瑪利亞的呼吸漸漸變得深沉，很快便在教授Q的懷裡安詳地入睡。瑪利亞的臉上展露出像天使一樣的微笑（教授Q自然是沒有見過天使的，但如果天使真的存在，除了瑪利亞，她／他還能長成怎樣？）。教授Q知道，妻子的肉體對他再無渴望。而他，卻因為撫摸過女體而變得焦躁不安，難以入眠。

教授Q這時又想起了愛麗詩，她那具會跳舞的身體，可以任由自己擺布出任何欲求的姿態。教授Q幻想一絲不掛的她現在正跪在教堂裡，雙手合十，屁股高高翹起來，朝向耶穌像的一方。「來吧，教授，來幹我吧！」教授Q彷彿聽到她這樣祈求道。不，跪下來的不是愛麗詩，而是教授Q本身。教授看到一個幽深的洞口，在他眼前張開。那是一個給予他希望的袋子，他把一隻手伸進去，在另一頭便有一隻手猛然拉住了他。現在，他的整個人已經跌了進去。赤身裸體的教授Q跪在地上，屁股高高翹起。教堂裡一片寂靜，他已確定沒有人會來操他，他繼續跪在地上，絕望地想，連充滿愛心與憐憫的耶穌也不會。

17

陰雨綿綿地落下來。

陌根地的春季靜悄悄的，卻同時那樣明目張膽地穿牆過壁，侵入每家每戶，白一片綠一片的黴菌爬滿了木造的桌椅、爬上了掛在幽暗衣櫥裡的皮革大衣；巴士座椅上長出一朵朵鮮黃色的蘑菇。沉默的生命突然爆發出不同的形狀與色彩，就連被禁閉在教堂裡的一切也不例外。

讓我們回到教授Q離開教堂的那個黃昏。自從教堂的門關上了以後，古老音樂箱的蓋子便從內裡被推開了，猶猶豫豫地發出吱吱嘎嘎的聲音。從裡面探出來的是愛麗詩的手，她那幾根顏色蒼白的微微分開的手指像春天剛醒來的蟲一樣活動起來。然後，是她那對玻璃一樣透明，有著變幻顏色的眼睛，隨著她醒過來的身體，重新張開了，正在慢慢對焦。

只亮了一盞桌燈的教堂相當昏暗，但愛麗詩看到一張書桌。她看見書桌上打開了的一本書，讀書燈正好打在其上。從書桌過去是一隻白色的木馬，曾經坐在木馬上看到的畫，現在被淹沒在陰影之中，但愛麗詩有一點朦朧的印象，她能夠想像它。此時，愛麗詩慢慢從音樂箱裡爬出來了，形態有點像貓（雖然作為跳舞娃娃，她的技巧是如此高超，但對於走路，她還需要一點點時間適應），愛麗詩慢慢地爬，爬到書桌後那雙人座的辦公椅子上。她調整自己的身體，找到了舒服的坐姿，她發現自己的背可以好好地貼在椅背上了。她往自己的右面看看，那個從早上一直待在那裡的人已經不在了，然而，愛麗詩知道如何用她小小的，帶著小片指甲的指頭翻動書頁。

座檯讀書燈把一圈黃色的光芒打在書頁上，愛麗詩可以清楚看到上面的字詞。愛麗詩摸了摸書頁，紙張和字詞都被燈光照得很暖，愛麗詩似乎很喜歡這種暖的感覺，但她同時注意到有許多事物的陰影在教堂裡徜徉著。愛麗詩在教堂裡搜索了一下，便找到了其他的開關，亮起了教堂裡所有的燈。

此時，愛麗詩看到，在打開的音樂箱裡，有一份皮革製的小冊子。封面上手寫著「使用手冊」幾個字。愛麗詩拿起它，隨便翻了一下，看到手冊上繪有一些圖畫，附有一些手寫的文字，說明手冊裡那個跳舞女郎可以做到的各種的動作。

愛麗詩似乎對《使用手冊》不怎麼感興趣，她環顧了一下教堂。四周的書架上密密麻麻的排滿了書。愛麗詩記得自己和常常來這裡的那個人一起讀過其中一些。它們所說的，愛麗詩不完全懂得，但它們可比《使用手冊》有趣得多了。

愛麗詩沿書架一直走過去，現在她看到那個三面梳妝鏡了。她在鏡前坐下來，看到了自己的臉，不止一個，而是有三個。她發現，自己不能同一時間，清楚看到三個她。她只能選擇其中一個。只要她的臉一轉動，便有些什麼消失了。愛麗詩伸手，想要撫摸鏡裡的她們，但她只能在鏡上，那冷冰冰的表面，留下了一個個模糊的手印。有什麼，在那裡，在世界和世界之間，阻擋著她，和其他幾個她。愛麗詩伸手摸了一下自己的臉頰，鏡裡的每一個她也跟著這樣做了。她感到自己的臉是軟的，它並不冰冷，但可惜也缺乏溫度。

愛麗詩重新站起來。此時，她看見一個關上了門的大櫃子，櫃子看來上了鎖，不過鎖匙就插在櫃門上，愛麗詩輕易就扭開了它。咔嚓。愛麗詩被自己嚇著了，鎖匙掉落在地上。她注視了一會那串一動不動的鎖匙，才伸出手去，小心翼翼地打開櫃門。她發現裡面有許多箱子，一些亂七八糟的事物堆在一起，但只有她們——那些排列在架上的娃娃們，抓住了愛麗詩的注意力。

她們看起來和愛麗詩是如此接近的物種，雖然她們其中一個沒有了身體，有一個眼瞼上沒有睫毛。她們的皮膚有著不同的顏色，有的閃亮光滑，有的暗啞溫柔，但她們都靜靜地看她，以她們不同顏色的眼睛。愛麗詩看到那個只有頭顱的女孩，她的頭髮是金黃色的，她的臉看上去那麼的粉嫩，便禁不住伸出手去撫摸她，然而她的臉卻是硬的，而且有著一種粗糙的質感。

這時，愛麗詩注意到多麗根。她立在櫃裡，兩手彎彎地伸向天空，像要把一個月亮抱住，兩腿則打開來，半蹲著，在兩腿之間形成了漂亮的菱形。她那麼的細小，比愛麗詩要小得多了，然而，她穿著那身銀閃閃的舞衣，那個胸口的剪裁、腰身以下的拱紗，看上去和愛麗詩長久以來穿著的，卻是多麼的相似。而且，她的鞋子，也是那樣光滑、閃亮，連著兩串絲帶，交叉纏著她的腳踝。

愛麗詩把手伸向了多麗根，把她放在自己的掌心，另一隻手則扶著她的腰身。愛麗詩帶著多麗根，來到了三面鏡子前。她把多麗根平放在梳妝台上。這時，多麗根的眼睛便合上了。愛麗詩把她的手拉下來，腿拉直，讓她躺在那裡，像愛麗詩偶爾被那個男人安放在床上時一樣。愛麗詩覺得多麗根穿著這樣的衣服一定不太舒服。於是，愛麗詩便給她脫去了舞鞋，解開了她的舞衣。現在，她可以清楚看見多麗根的身體了，那麼光滑、像波浪一樣起伏著的身體。愛麗詩用手指觸摸她，她的乳房、嘴巴、肚腹，以及肚腹下面的地方。

愛麗詩把多麗根拿在手裡，她看著她圓滾的、天藍色的眼珠，裡面似乎隱隱有一點光芒在閃爍。愛麗詩伸出一根手指，輕輕觸了觸多麗根的眼珠，然後她用力一壓，多麗根的眼珠便陷了進去。愛麗詩看到了一個空空的眼眶，她把自己的眼睛湊上去，她看到多麗根暗黑的頭顱裡也是空的。眼珠到哪裡去了呢？她搖晃了一下多麗根，她聽到眼珠在多麗根的身體裡發出哐啷哐啷的聲音。

愛麗詩重新放下多麗根。這時，她又再次看進鏡子裡，她想看清楚自己的眼睛，然而，只要愛麗詩稍稍轉換角度，它的顏色便開始變幻。愛麗詩張開嘴巴，嘴巴在鏡裡露出一個暗黑的洞穴。在深洞裡究竟藏著什麼？

愛麗詩重新站了起來。她看見鏡子裡的自己只穿了一件薄薄的絲質睡裙，只要輕輕拉下吊帶，睡裙便滑落到地上。在三面鏡裡，她看到自己的兩個乳房，她用雙手抱著它們，像抱著兩個縮成一團的生物。是的，它們不像多麗根的，並不是渾圓平滑的土丘，它們像兩張臉，只有嘴巴的臉。嘴巴是渾圓的，微微地突起，如果細心地觸碰它，便發現上面有著小小的突觸。愛麗詩忽然像是被電流觸動了，她低下頭看看自己的身體。這是一個按鈕或特別的機關嗎？

愛麗詩想要把自己看得更清楚一點。她忽然記起，那個常常來的男人有一個衣櫥，裡面放滿了給她更換的衣服——是的，它就在那裡。她走近去，把衣櫥的門打開。正如她記憶所及，那扇門後，鑲了一面連身的大鏡。愛麗詩現在看見了一整個自己，她的腰身、肚腹、雙腿。她看到自己兩腿之間的一小撮毛髮。她慢慢坐下來，把兩腿打開，在那裡，在兩腿之間，她看到了另一張臉，一張同樣只有嘴巴的臉，本來合起來的嘴巴，現在正慢慢朝她張開來。那張嘴看起來是一更深的洞。愛麗詩朝鏡子挨得更近了，並用雙眼緊緊盯著那個嘴巴，彷彿這樣，愛麗詩便會聽到，那張嘴想要向她訴說的秘密。

18

濃霧使人看不清海上的事物。有一剎那，坐在小艇上的教授Q想，小島真的存在嗎？教堂真的存在嗎？不過離開了兩天，教授Q竟便有恍如隔世之感。他忽然想不起愛麗詩的形象，倒是被拍打在艇身上的海浪聲喚起更遙遠的記憶。教授Q抱膝坐著，懷疑許久以前，在船艙的箱子裡，魔法師在他身上施展的變形幻術正在重新發揮效用，使他不覺縮成一團。直到艇家拍拍他肩膀，他才發覺荒島已在眼前。教授Q精神有點恍惚地踏上沙灘，沿著熟悉的山路行走，在快要走近教堂時，他注意到，有一個戴著漁夫帽的人，站在教堂的一扇窗外，似乎正在朝裡面窺看。教授Q加快腳步，但大概因為注意到教授正走近來，這個人繞到教堂後，一下子便不見了蹤影。

站在教堂外，教授Q注意到那些掛在教堂窗前的黑色布幔，竟被通通拆下來了，雖然教堂的玻璃很厚，且不完全透明，但還是可以從較低矮的窗口，隱約看到裡面的境況——室內如今是如此明亮，地上撒滿了亂七八糟的衣服，愛麗詩就坐在衣服堆裡！

教授Q慌忙打開教堂的大門，還沒有反應過來，便看到愛麗詩朝他走來。一下子，教授Q已被愛麗詩撲倒在地。愛麗詩力大無窮，抓住了教授Q的兩腳，把他整個人倒轉過來。教授Q注視著一個顛倒的教堂，驚魂未定，一瞬間，又感到自己已被重新拋擲到地上。教授Q俯伏於地上，看見愛麗詩已跨開兩腿，像是要騎到他的身上。教授Q連爬帶跑，跌跌撞撞，好不容易跑到了教堂的內殿，在聖所的位置，爬上了祭壇。教授Q眼見愛麗詩還想向他走近，便大聲朝她吆喝，愛麗詩才總算停了下來。

「去，到那梳妝椅上坐著！」教授Q一邊叫嚷，一邊朝梳妝鏡的方向指了指。

教授Q見站住了的愛麗詩似乎沒有反應，又試著叫了一遍。此時，愛麗詩不知道聽懂了他的指令，還是有著其他的打算，正向梳妝台走去。愛麗詩雖然舞姿美曼，但走起路來卻有些笨拙。等她終於在梳妝椅上坐下時，教授Q才舒了一口氣。教授Q想：人偶是機件出了什麼故障嗎？還是，他觸動了什麼他從來沒有發現的，隱秘的功能？教授Q怎麼會知道，愛麗詩不過正好觀摩了他的那本《愛經》，學習了一些新奇姿態，而他則完全沒有準備地，成了愛麗詩的實驗品。

教授Q一面注視著愛麗詩，一面爬下了祭壇，終於一屁股坐在地上。教授Q此時更仔細地察看了一下自己的教堂。這裡亂七八糟的，除了衣服以外，有些玩具和書也被搬下架來，或散布在地上，或擱在他的案頭。這一切，難道都是這個人偶所做的嗎？

愛麗詩此時似乎想要重新站起來，教授Q虛驚了一下，幾乎又要爬上祭壇，但見她只是走向了書桌，在他們的雙人椅子上坐下來，才稍稍感到安心。愛麗詩靜靜地坐著，用她纖細的手指，翻開了其中一本很大的書（大概是圖冊之類）。她的臉湊近那書頁，好像她是一個大近視眼，並且慢慢把書一頁頁翻過去。

教授Q好奇愛麗詩在看些什麼，便慢慢向她走去，站在愛麗詩的身後。此時，他看清楚了，那是一本陌根地的風景攝影集。愛麗詩正在看的一頁，是許多排列整齊的小小的透明塑膠袋，它們每一個都那麼飽滿，都載著一個小小的海洋，一尾正在晃擺身體的小小的金魚正以突出的魚眼，回看著愛麗詩。接下來，她又翻過了另一頁，那是好幾個巨大的旋轉中的機動咖啡杯，有一對坐在杯中的男女，把他們的臉頰都貼在一起，兩手舉起，呈V字，四隻眼向著鏡頭，瞇成了四道縫。愛麗詩把一根手指，放在他們的臉上，指頭和紙頁摩擦著。站在愛麗詩身後的教授Q，此時挨得更近了，身體壓向了愛麗詩。愛麗詩回過頭去，看了看教授Q，但只有那麼一下子，她又被其他什麼吸引過去。

愛麗詩注意到，教堂大門的較高處，有一扇顏色繽紛的玻璃窗，幻彩的光正透過它，一片片投落到地上。愛麗詩走到那些彩光行走的線路之中，高舉著自己的雙手，讓光在自己的手指、手指與手指之間的縫隙、臂膀及臂膀起伏的線條上停住、流過。愛麗詩把臉朝向了玻璃，光就打落在她的前額、鼻子、臉頰上。愛麗詩閉上了眼睛，臉上展示了一個不易察覺的微笑。然後，教授Q便聽見，兩個風似的、抖顫中的維利亞語詞，自她的嘴裡吐出來：「我—喜歡—。」

教授Q此時是更為震驚了。這個人偶，居然還懂得說話！說的是維利亞語——她可是從維利亞來的嗎？「我—喜歡。」愛麗詩再次說道：「我喜歡—光。」她指了指那扇開著一朵大花的五彩玻璃窗。教授Q呆呆地看著眼前這個人偶，不，這個美麗的生物，這個女人。此時，他已不再驚恐了，只是不知道如何反應。愛麗詩望著教授，指了指剛才看過的攝影集，又再說道：「我—喜歡。」然後，愛麗詩再次指向玻璃窗。教授這次聽得很清楚，愛麗詩說的是：「我—要—出去。」

教授Q一時無法反應過來，只能在自己的書桌前坐了下來。

「這麼多年以來，在你的內心深處，不是一直夢想著，和一個真正的女人，好好戀愛一次嗎？」教授Q知道，這是鷹頭貓的聲音。而現在，女人終於來到他的跟前了。如果這不是神跡，究竟是什麼？

「你們祈求，就給你們。尋找，就尋見。叩門，就給你們開門。」

教授舉起了雙手，像是向敵人示意投降。然後，他放柔了聲線，對愛麗詩說：「聽著。我得想想。讓我想想。」

教授Q從自己的座位上起來，在教堂裡踱著步。

一切竟成真了，我真的擁有一個「女人」！如果可以和她，這個迷人的女郎同遊陌根地的風光，這可不是教授Q夢寐以求的嗎？但他不敢想像，自己怎能和她，妻子以外的另一個女人，一起走在陌根地的街道上？帶著愛麗詩到處行走，難保不會給瑪利亞的朋友們，甚至是瑪利亞本人發現。教授Q想起了他的鄰居、大學的同事和學生，愛麗詩可怎會明白，整個陌根地，到處都有監視他的眼線！

「然而，這可能是，你人生中最後的冒險機會了。」鷹頭貓說。

教授Q沉默了好一會，終於說道：「愛麗詩。我可以這樣稱呼你嗎？」

他等了一會，見愛麗詩並沒有回應，便繼續說下去：「聽著。我可以想法子，讓我們一起出去。但，在必要時，你得安靜下來，閉上嘴巴，重新回到你的箱子裡——我會讓你看到這座城市的。而且，到了適當的時候，我也可以讓你四處行走。沒有問題，我會想到辦法的。」

教授Q無法判斷，愛麗詩是否對自己的回答感到滿意，因為此時，她沒有再說什麼，只是望著教授Q，好像正望著什麼奇異的生物，她的眼睛像鋒利的玻璃碎片一樣，扎進教授的心坎裡。教授Q不禁再次渾身抖顫起來。

「啊女人！我這輩子還真遇到了一個女人！」

教授Q的臉慢慢地紅了起來。此時，他開始撿拾起那些丟到地上去的黑色布幔，並拿來了一把梯子。可憐的，手腳笨拙的教授Q，可是花了不少氣力，才把它們逐一重新掛上。教授Q一邊把教堂重新遮蔽在布幔的陰影裡，一邊對愛麗詩說：「目前，我們必得先這樣做。有些事情，可不適合被其他人看見。」

教授Q此時又再臉紅了。他脫去了自己的外衣，然後爬到了那張巨大的四柱床上，鑽進了被窩裡。他向愛麗詩說：「你，現在，何不到這裡來一下？」

愛麗詩並沒有移動她的身體。此時，她也不再望著教授Q了，而是看著自己落在地上的倒影，像是陷入了深沉的思考之中。

「你說，我的—名字—叫做——愛麗詩？」

教授點了點頭，說：「這是我所知道的，你唯一的名字。」「怎麼，你不喜歡嗎？」

愛麗詩搖了搖頭。「不，我不—知道。」

「我不—知道—它—怎麼來的，有什麼—意思。」愛麗詩頓了頓又說：「那麼—你呢？可以—告訴—我，你的—名字嗎？」

教授Q脫口而出，說道：「鷹頭貓。在這裡，我的名字叫做鷹頭貓。」

愛麗詩重複了一下：「鷹—頭—貓。是一種—貓嗎？」

「唔，是的，是一種貓，又或者不是一種貓。怎麼說呢？你知道兩棲動物嗎？牠們是介於水生與陸生之間的，一種演化史上的過渡物種。而鷹頭貓則是一種介於哺乳類與鳥類之間的生物。一種暫時無法飛行的鳥類，卻倒是能爬到很高的樹上，偽裝成鳥類，暫居於其他物種的巢穴內。這是牠暫時的生存法則。但誰知道呢？萬物都在變化之中。」教授Q

一口氣說出了這些，連他自己也感到驚訝。

愛麗詩望著教授Q，好像仍在思考之中。

不過，教授Q似乎無法再等待了。近乎哀求似的，他說：「現在，愛麗詩，請過來一下。」

「慢慢的，並滿有溫柔。」教授Q說。

「慢慢。溫柔。」愛麗詩重複著教授所說的話，像是明白了什麼似的，她放輕了腳步，幾乎像一個小偷似的，慢慢走向了教授，然後又像一隻貓，爬到了床上。

「來，和我一起，像我這樣，鑽入被窩之中。」

教授Q的聲音是如此軟綿綿的，愛麗詩於是一面鑽進被窩裡，一面小聲的，又重複道：「慢慢。溫柔。」

「慢慢。溫柔。」教授Q也唸誦著。在被窩之中，他已經是赤條條的了，如今，他發抖的雙手，就要來解開愛麗詩身上的衣衫。

一切都很順利。

你們祈求，就給你們。

尋找，就尋見。

叩門，就給你們開門。

因為凡祈求的，就得著。尋找的，就尋見；叩門的，就給他開門。

然而，可憐的教授Q，神聖的大門已經為他打開了，他卻竟猶豫著，沒有走進去。那收藏多年的，久未使用的器物，竟然在關鍵的時刻，變得閃縮、膽小。操！

19

年過半百的教授Q，不過想在人生裡好好地談一場戀愛，在他經受情慾考驗的關鍵時刻，按理是不應受到任何干擾的。不過，在陌根地最近發生的許多事件之中，偏偏就有那麼一件不太重要的事，可說與教授Q本人的命運攸關。我們只能哀嘆，正正因為全情投入於這段可歌可泣的戀情，教授Q竟對於自己將要面對的危險無知無覺。

就像這城市裡的任何一天，黃昏時分，獅子坡的中心地帶，大街小巷裡擁擠的汽車正熱烈地吐出的廢氣，街上裝扮成各種動物與外星人的推銷員、流溢的贈品和滿天的宣傳單，以及把一切無限複製的玻璃外牆，使城市看起來甚至是喜氣洋洋的。在辦公室、商場，以及汽車內，強勁的冷氣則把人凍得渾身發抖。你有時會聽到，人們不自覺地舞動著的手指響起，在辦公桌的邊緣、在鍵盤、在汽車的喇叭上。

每天下午，六時三十分，在這些使人瘋狂的雜音之中，有時會有一首戰意高昂的歌曲，突然像破浪的船向人們混亂的意識衝來。在播放晚間新聞前，電視上準時響起了先鋒共和國的國歌。這是政權移交後引入陌根地的新玩意之一。歌詞描述了先鋒黨如何帶領人民奮勇抵抗敵人。可惜，在陌根地這座城市裡，敵人難以辨認。行人過路燈的綠色小人在閃動；大廈外牆巨大的豐胸廣告上，女明星俯下身來，雙手捧著她的吻獻給你；坐在茶餐廳裡，等待著咖哩牛腩飯與奶油多的陌根地市民紛紛聳起雙肩，發出幾聲乾笑，有人把剔牙的竹籤丟到喝剩的湯裡。

陌根地唯一的南方語電視台正在播送新聞。報導員清一色的，是那些含羞答答的妙齡女郎，穿著綴有蝴蝶結的粉紅套裝，臉上的妝容和她們的表情一樣小心翼翼，唯恐自己一不小心，便把話說溜了嘴的樣子。這幾天的新聞頭條仍是那則不大不小的醜聞，食客都心中有數。一如所料，螢幕上再次出現了位於孤舟大學山腰的主座圖書館。一群穿著西裝，看起來頭等重要的剎難官員正從旋轉玻璃門進入，他們慢慢沿寬闊的，鋪了紅地毯的樓梯向上行。這時，攝影機追蹤著牆上歷任校長的掛畫，按年分遠近，一直排列到最頂層。這些清一色的中老年男人被畫筆點綴得油光滿臉，而孤舟大學的現任校長則比手畫腳的，似乎正向那些政要努力在解說什麼。只是，當這群人走到樓梯頂端，他們的臉同時暗淡了下來。在最後一個畫框內，現任校長的名字下，他們期望看到的男人肖像，被換成了（以一份報紙的用語說）一幅春宮圖。

這天，春宮圖只是在螢幕上一閃而過。不久前曾在電視上播放過的片段，現在已被剪走了，美麗的新聞報導員開始報導警方對事件的回應。食客發出一陣噓聲，不過，只要在網上一搜查，畫作仍隨處可見。一些食客們開始議論起來，說那幅被換上的畫是春宮圖，未免有點言過其實。事實上，那不過是一對裸體的男女，不，裸體的是一個長得滑稽矮小的男人，在他身旁的只是一個芭蕾舞者的黑影。從畫中人的體態，事實上也不易辨別他們的性別——畫中的男人擁有（如用心點看）一小截陽具，胸部卻異常豐滿；芭蕾舞者看起來像是個女的，但兩腿間卻伸出一根長長的異物。

無論如何，一個大學校長（不怎麼值錢）的肖像被掉包了，這樣一樁小小的惡作劇，居然成為了城中的頭條新聞，因為事情剛好發生在陌根地政權移交十周年，剎難官員隨同國家總理訪問陌根地期間。為了迎接慶典，警方早就做了許多保安上的部署，一些政治敏感分子已經預先被逮捕，城市裡的示威遊行幾乎被禁絕，零星的抗議不成氣候，並且都被擋在剎難領導人的視線範圍外。先鋒共和國的旗幟在陌根地升起，維利亞海港上空被煙花染得五顏六色，預先被安排好的群眾冒著暑熱夾道歡迎，一切都進行得十分順利。整個官方行程還有一個亮點：國家總理在觀賞過幾架戰機在天空裡玩了些雜耍後，把望遠鏡拿下來，連拍了欄杆三下，說了三聲意味深長，引發時事評論員熱議的：「——好！——好！——好！」剛上任不久的警務處長總算抹了一把汗，眼看任務將要完成，最主要的官員也已經隨總理乘飛機離開，沒想到卻出了這樣一樁意外。

剎難官員參觀孤舟大學當天，主座圖書館暫停開放，警方也早就戒備，把那些綑了頭巾，嘴裡叫著口號的憤怒學生，都驅趕到圖書館的範圍以外。學生不可能在當天闖入圖書館，圖書館的門窗也沒有被破入的痕跡，畫作估計是更早前，圖書館開放期間，有人趁職員不注意的時候，偷偷換上去的。不過，作案者並沒有採取便捷的方法，把裝裱好的畫直接換走，而是先把肖像從畫框裡取出，放入現在的畫作，再用膠紙條在畫框背後重新密封好。很難想像，這個費時的掉包過程居然沒引來注意，而畫作被換後，在官員隨團參觀前，竟也一直未被發現。陌根地的市民普遍認為：根據校長不得人心的程度，事件很可能是圖書館員、使用者、警衛集體視而不見的結果。無論如何，在特別召開的記者會裡，強勁的冷氣使得記者們手握麥克風的手都瑟瑟發抖，牙關發軟，只有警務處長額上滿布汗珠，表情痛苦地表示，事件不單具有政治目的，而且有心向他們的權威挑戰；為捍衛陌根地執法部門的尊嚴，一定會全力追查。

雖然事件仍有待調查，但作為官方喉舌的主流媒體，已經紛紛藉著這椿事件，連結到近年的學生運動，抨擊反對派及大學生的行為。只是，這樣並不能阻止網上瘋狂流傳畫作的各種惡搞版本。校長及不同政要、商家的頭臉被加進畫裡，這幾年有關孤舟大學校長和政商界各種檯底交易的流言再次被提起。有點無辜的，大概是那位參觀圖書館時，突然昏倒的剎難官太太，不知怎的，也成了被惡搞的對象。在一個動畫版本裡，黑影被加上了官太太的一臉春情，一再向校長拋擲媚眼——有網友言之鑿鑿，指校長和官太太乃長期炮友，以肉體血汗印證陌根地對祖國堅定不移之愛意，以及定期在床上促進祖國與陌根地的深入交流，網上隨之有不少關於官太太的黑材料被挖出來，直氣得官太太揚言永不再踏入不文明的陌根地半步。

至於現在成了焦點的那幅春宮畫，一時間也火紅起來。不少人好奇它出自誰人之手。有些人說畫作才氣潢溢，有達利之風。據說北方的隱名富豪，居然還私下出價把它買下了，迫得警方不得不再次把「春宮」公開展示，證明「證物」仍在他們手上。不過，陌根地警方對事件卻是一點頭緒也沒有。學校已經重新聘人繪畫校長的肖像，但恐怕還需要一點時間才能完成。目前，圖書館的樓梯頂層，畫框已經整個取下來，但因為懸掛的時日久遠，灰色的牆上原來掛畫的地方，比牆身其他部分，顏色要明顯淡些，看起來，像是一個方形的窗口，越發惹人遐想。

很可惜，熱戀之中的教授Q已經太久沒有到大學的圖書館裡去了，不然，即使他沒有看見牆上突兀的一片空白，應該還是能夠聽到一些員工和學生在那裡經過時，禁不住掩著嘴巴，發出吃吃的笑聲。

20

被喜樂與幻想充塞得越見身形腫脹的教授Q此時倒是幸福的。他恪守諾言，不久，便帶著愛麗詩一同遊歷陌根地了。這可又得感謝鷹頭貓的協助，弄來了一輛小型貨車。貨車也不是一般的貨車，它的內裡被裝潢過，沙發座椅排成一個環形，天花板安裝了一組射燈。唱機、電視屏幕和小型酒廊就在駕駛室的背後。車窗是單面玻璃，只有坐在車廂裡的人可以看到外面。

在這個夢幻的小世界裡，教授Q忽然又愛上了他所居住的城市了。它那些使人盲目的華光、俗豔的店鋪，彷彿是他可以獻給愛麗詩的禮物。同時，教授Q也再一次愛上愛麗詩。這個女郎如今是一個新造的人，教授可不敢像以往那樣，胡亂造次。他像個紳士似的乖乖坐著，正正經經和愛麗詩談起話來。教授Q問愛麗詩，可記得他們一起讀過的一些著作。愛麗詩起初說起話來斷斷續續的，不太靈光，但很快，她簡直是對答如流了。對於愛麗詩各種新奇的看法，教授Q不得不嘖嘖稱奇。有些問題，經她的解說，教授竟感茅塞頓開。有時，談到教授Q收集的那些情色作品，愛麗詩的見解比他還要大膽得多！

就這樣，這對戀人談天說地，可說遊遍了陌根地的各個區域。在市區裡，他們看過陌根地那些最早的灰塵僕僕的殖民建築，也看過新建起來的就要刺穿天空的明晃晃的玻璃大樓。有時，因為要讓愛麗詩看清楚一座公園裡的雕像、一個店鋪前擺賣的小東西，小貨車會慢慢行駛，致使後面形成了長長的車龍，等待的車叭叭大叫。愛麗詩好奇地爬到車尾觀看那些憤怒的汽車，教授Q卻只是拿著酒杯哈哈大笑。在這輛小貨車裡，教授Q覺得自己終於自由了。大學裡的上司、妻子、她那些又老又沒有品味的朋友們，全都見鬼去吧！只要到達人煙稀少的地區，教授Q便會示意司機把車停下來。他和愛麗詩在無人的山丘小徑上散步，在寺院裡觀看慢慢變短的香燭，坐在石頭上看溪間裡的小魚群，他們甚至還登上私人直升機，從高空觀看陌根地的山脈與港灣，任風瘋狂地舞動他們的頭髮。

只有一天，他們的貨車意外駛進了一個擠滿了人的馬路。四周霎時變得異常昏暗，像是有人伸手，把城市的亮光調低了幾度。稍稍回過神來，教授Q才注意到，那是因為四周的人全都穿上了黑色的衣衫，連他們的臉孔也像服喪者一樣黯淡無光。馬路上並沒有其他車輛，而人群就在貨車兩旁的行車道上，緩緩地朝著同一個方向行進。隔著車窗，教授Q惶恐地發現，有的人頭上明晃晃地插著一把刀，有的人一隻眼睛被紗布包裹著，有的人嘴巴封上了十字膠條……愛麗詩從沒有看見過那麼多的人類，他們像是由許多黑色的水點匯聚起來，形成一條無止境的河流。這時，有些人轉過臉來看著車廂，他們無法看到車裡面是些什麼，愛麗詩卻可以清楚看見他們的眼睛，那是一個個暗黑的漩渦，每一個漩渦都像是一條隧道，可以通往另一個秘密的，等待像花朵一樣盛開的城市。愛麗詩把手伸向那些人群，但只是觸到一片阻隔著她和人群的玻璃。愛麗詩眼前的車窗緊鎖著。皺起了眉頭的教授Q正在拍打著司機身後的玻璃：「快駛離這裡！」

貨車往後退了一小段路，拐向一條小巷，人群便隱沒在高聳的大樓背後，愛麗詩似乎想說些什麼，但教授Q把一根手指按在嘴巴上，示意她不要聲張。這時，他們都聽見空氣中一下又一下的爆破聲，在大廈之間的縫隙裡有升起的煙霧。有一隊穿綠色制服的軍警在教授Q的眼角穿過，他便禁不住渾身抖顫起來。

這天，教授Q少有地提早回到家裡，電視機屏幕上閃動著的光影投射在教授Q的臉上，把他的臉映得一忽兒紅，一忽兒藍，一忽兒簡直就像有煙花在他臉上盛放。新聞報導員的笑臉像某種瓷器娃娃。不能否認，她順滑的笑臉以及甜軟的聲線使得教授Q內心得到不少安慰。在本地新聞的部分，報導員花了許多時間報導一場乏味的愛國巡遊，結束時稍稍提及一宗沒有可疑的自殺事件，便再沒有提及其他的消息。第二天，教授Q在家附近買了一份本地出版，他平時喜歡讀的維利亞文報紙，仔細研究了半天。確實，除了愛國巡遊，並沒有其他重大的本地新聞。教授Q把報紙丟進垃圾桶裡，很高興什麼都沒有發生，唯一使他感到不安的是，當他走到街上去，他仍覺得時時有草綠色的影子在眼角飄過。

為了消滅這些幻影，接下來的幾天，教授Q決定不再到街上去了。他關上了教堂大門，懶洋洋地對愛麗詩說：我們就留在教堂裡吧。來，給我跳一支舞！

看到愛麗詩再次打扮成雪白天鵝的樣子，在他跟前舞動起來，教授Q沉鬱的臉終於再次變得活潑起來。天鵝不過是故事的序幕，很快牠便變成了月光一樣的屁股、蛇一樣的腿。教授Q在自己的教堂裡，忘記了城市裡的危險，幾乎是洋洋自得，甚至浮過一個念頭：擁有這樣一個舞技出眾、豔壓群芳的神仙情人，憑什麼我不可以帶著她招搖過市？

然而，這幾天，愛麗詩卻變得沉默起來。雖然愛麗詩天生就是一個跳舞女郎，但教授

Q似乎沒有發現，對於跳舞這回事，她其實並沒有多大的熱情，只是，每當愛麗詩的雙腳踏上舞台，音樂一響起，她的身體便會不由自主地擺動起來，即使她想停下來也不可以。

一天黃昏，臨離開教堂時，教授Q終於注意到愛麗詩變得灰暗的眼神，但他卻認定了跳舞女孩就像他一樣，為了彼此的分離而感到悲傷。

「啊！愛麗詩，我的心肝寶貝！我也不願與你分離。放心吧。不用很久，我便會帶你離開這裡，把你帶回我的家中！」

21

雖然未能把愛麗詩帶回「家」裡去，但不久以後，教授Q的小貨車，卻再次駛進了城市，而且，它終於停在維利亞島上的中心地帶，一座古老的具殖民地特色的酒店門外。這次，教授Q竟牽著愛麗詩的手，走出了他們秘密的小世界。

換上了教授Q所送贈的一襲銀白色低胸長裙，穿著一對三吋高的高跟鞋，愛麗詩看起來，簡直像一個新娘！她可是第一次，腳踏在陌根地繁忙的街道上。許多人匆匆在愛麗詩身邊走過。商店的玻璃櫥窗裡，射燈把各種事物都照射得閃閃發亮。愛麗詩被時裝店裡，或扠著腰，或伸著懶腰的，無面目的模特兒所吸引住。一座大廈的頂層，有一個正在旋轉的玻璃球。廣告牌像掛滿了飾物的手臂伸出到馬路上。聲音從四方八面襲來……愛麗詩還想在街道上多待一會兒，然而教授Q已牽著她的手，匆匆踏進了酒店的旋轉門裡。

旋轉門像一陣風，把愛麗詩帶進了酒店的大堂。許多結著領帶，穿著整齊西裝的男人向他們躬身問好。愛麗詩看到反光的地板上，許多圓形的紋理像水波一樣漫向她。接著，她便跟教授Q走進一個必須以特別的卡片觸碰，才能啟動的升降機。她抬起頭來，看到不同的數字輪流透射出閃亮的紅光。

愛麗詩並不知道，這可是教授Q計畫已久的一次愛情冒險。知道瑪利亞被派往外地工作兩天，教授Q早在城市中心這家五星級的大酒店預訂了一個可以看到維利亞海灣的蜜月套房，要與愛麗詩共宿一宵！然而，這個計畫還有一個重要環節。不久以前，教授Q再次到大衛的診所裡去，由一個睫毛閃亮的護士把他帶進醫生的房間。大衛按照慣例，拿起了雪條棒，要教授Q張開嘴巴。教授Q卻搖了搖頭，告訴大衛說：「今次，問題不在那裡。」教授Q臉紅耳赤，以拇指向下，比畫了一個「遜」的手勢，大衛卻一臉疑惑。直到教授Q的上身橫過醫生的辦公桌，湊近大衛，低聲說了什麼，大衛才頓時哈哈大笑起來。

蜜月套房在一條長長的走廊盡頭。教授Q滿心歡喜地打開房門，卻發現裡面竟已有一個服務生，背向他們，不知道正在幹些什麼。教授Q頓時皺起眉頭。服務生意識到教授Q和愛麗詩走進來，也似乎吃了一驚，慌忙道了歉，神色慌張地走出了房間。愛麗詩倒沒有去注意服務生，她只是覺得，房間真像一座教堂！因為它們同樣被一張巨大的床占據了它的中心，雖然在床的背後，沒有一個被釘在十字架上的耶穌。愛麗詩看到垂落兩旁的輕紗窗簾，一大片潔淨的玻璃，有城市的光在其背面閃爍著。那可是神的光芒？

愛麗詩走近去。玻璃上有一扇門，門可以打開，通向露台。

她看到千萬點微小的燈光，匯聚於海岸的兩旁。城市的建築物消失了，它們變成了一座座水晶雕塑，她把兩手伸出來，像捧著一個水晶球那樣，想要去捧住腳下那座城市。

教授Q這時也走出了露台，但他可沒有耐性欣賞城市的俗豔，只是把手伸進他的褲袋裡，用手指的觸感，確定大衛開給他的藍色藥丸就在那裡。目前，總算只有他和愛麗詩，共處在一個房間裡。他們擁有漫長的一整夜，教授Q可不想任何事情干擾他美夢的實現。

然而，此時，一個拿著一把小提琴的男人，卻突然從簾後走了出來，嚇了教授一跳。

「恭喜！恭喜！」小琴提手躬了躬身說：「這是酒店蜜月套房的贈品。我將為兩位演奏三首曲目，你們可以在這個單子裡自由點選！」說著便亮出了一個平面電腦的電子選單。

「不，我們不需要——」教授Q一面說，一面卻發現愛麗詩正滿心高興地用手指劃動著電子屏幕。

「如果小姐喜歡的話，可以點選一些舞曲，那麼你便可以跟隨著音樂起舞了。」

教授Q吃了一驚：為什麼小提琴手不說「你們」，而是說「你」？難道他竟看得出愛麗詩是一個跳舞娃娃？小提琴手的樣子看來似曾相識，但教授卻一時想不起在哪裡看過他。

小提琴手似乎注意到教授Q的目光，並故意向他展示了一個別有意味的笑容。此時，教授Q覺得有點昏眩，只想躺到床上休息，於是只好由露台返入裡室，隔著玻璃，默默看著小提琴手在露台上拉奏，而愛麗詩則時而拍著手，時而用手指在欄杆上打著拍子。

教授Q不知道愛麗詩點了什麼曲目，因為在裡室的他只是聽到咿咿呀呀的小提琴音，簡直是胡鬧。感到厭煩的教授Q獨自走進浴室裡，看到巨型的按摩浴池已經注滿了水，並撒滿了玫瑰花瓣。他覺得自己正好需要一個暖水浴，於是也不等愛麗詩，就爬進浴缸裡去。教授Q的身體浸泡在暖水裡，感到身心舒暢，過了一會，他覺得音樂好像停止了，便試著叫道：「愛麗詩！愛麗詩！」然而，那個把頭探進浴室裡來的人，卻竟是小提琴手！

「對不起，教授。我可不想打擾你沐浴的雅興。不過，我已經服務完畢，不得不離開，想看看你對服務是否滿意，有沒有什麼意見。」

教授Q明白了小提琴手的意思，便揮了揮手，示意他到門外去等待。教授Q無奈地披上了浴袍，付了小費。但此時他很高興，因為他終於送走了小提琴手。現在，房間裡該只有愛麗詩和他了吧？

教授Q調暗了房間的燈光，把藍色的藥丸送進自己的嘴裡。他滿懷希望，卻覺得格外疲憊。

「愛麗詩！」教授Q再次叫道。

愛麗詩仍站在露台上，被維利亞海港上慢慢行走的船和倒映在水裡，抖顫中的五彩燈光所迷住。此時，她回過頭去，看到教授Q披著浴袍，坐在床緣，背靠著床頭板。教授Q頭頂的那盞小小的射燈在他的臉上，打出強烈的陰影。之前，愛麗詩沒有注意到，教授Q看上去多麼像一個破舊的人偶。他的臉上滿布了深深淺淺的刻痕；他的眼睛暗啞而失去了光彩；他的身體漏了氣、彈簧已鬆弛了，看上去就像愛麗詩曾經看見過的，那些被人丟棄的玩具。愛麗詩向教授Q走近去，她伸出手去，想要撫摸教授Q的前額，以及臉面。教授Q的兩手卻一下子抓緊了她的，那力度，一點不像一個壞了的玩具。

教授Q打開了他的浴袍，動作就像掀開一塊巨大的斗篷那樣俐落。浴袍無比巨大，竟像整個天空，罩住了愛麗詩。愛麗詩一下子便跌進另一個世界裡，那個屬於教授Q的，私密的小世界。教授Q打開了一扇門，但在門後，還有另一扇門。教授張開他的嘴巴，坦露出他的舌頭和牙齒；他脫去了自己的皮膚，露出了他的骨骼。進來吧，愛麗詩——從來都沒有人這樣接近過我（愛麗詩便走進去，她看到許多像星體一樣浮動的事物）。教授說：那是我的心臟，那是我的肝，他牽引愛麗詩的手，愛麗詩便觸到了一種奇異的起伏的節奏。在那裡，教授Q費盡了力氣，要向愛麗詩展示他那些損壞了的部分。他讓她看到他那些生鏽的齒輪、堵塞了的管道。愛麗詩，用你的手把它們重新推動吧！或者，用你修長的肉感的腿更好。用你靈巧的腳趾頭，舞者的腳趾頭。你看見嗎？愛麗詩，愛麗詩，請用力重新推動我！

有一些生命是屬於夜晚的，像貓頭鷹，像蝙蝠，像夢。牠們在夜裡飛行，在日裡隱藏在不為人所注意的陰影裡。

愛麗詩不太確定，自己是否做了一個夢，只是，當她從被褥下鑽出來，赤身裸體地步出露台前，她注意到，躺在她旁邊的教授Q還沒有醒來。他的嘴唇緊閉，他的身體再次關上。在她經過之處，有一面鑲在梳妝台上的鏡子，但她沒有停下腳步，看看鏡中的自己。她好像意識到，有一些關於自己身體的秘密，無法在鏡裡看個清楚。

華麗的夜已經退去，城市現在被一片霧紗掩蓋。愛麗詩閉上眼睛，好更專心地感受灑落在她身上的微弱的陽光。愛麗詩喜歡陽光傳達的暖意。鷹頭貓的皮膚是暖的，然而，她卻是冷的。她靜靜地站在日光之中，希望有一個神會把她的皮膚變暖。

至於教授Q，他此時也終於張開了眼睛，卻沒有移動他的身體，也沒有叫喚愛麗詩。他只是別過頭去，看著愛麗詩赤裸的背部，企圖在一個悠長的夢裡，留得更久一些。

這個早上，教授Q感到自己充滿了生命的氣息，但同時，又因為覺得自己在人生裡已經錯過了太多，因而充滿了恨意。他不想把愛麗詩送回教堂裡去。為什麼他們只能在油彩堆疊的圖畫前，騎在不能嘶叫的木馬上，原地奔跑？為什麼他們只可以在耶穌的仁慈底下，偷偷尋歡作樂？

教授Q忽然想起了綠眼睛的魔術師，並且覺得，自己未嘗不可以變成他，帶著那一整個馬戲團似的人偶和玩具，到處流浪表演。當教授Q站在舞台上，沒有人能看清楚他的臉，只能夠看到他手上變的戲法。那時，他將不屬於任何國家或城市，反過來說，他將擁有任何他足跡所能及的地方。當瑪利亞從外地回來，他要告訴瑪利亞。看，我找到了新的自由。我要重新活一次。我要過新的生活！

這時，教授Q又再次把頭轉向露台的方向。他看著愛麗詩赤裸的背部，在早晨的微光裡，她的皮膚晶瑩亮白得像水裡的生物。愛麗詩看來一點也不像是個人偶，她是一個新生的人，她是他自己。教授Q覺得自己的內心充滿了雄辯的力量，只是，這些內在的語詞一旦通過嘴巴述說出來，卻往往變成了另外的事物。尤其在瑪利亞的跟前，教授Q所堅信的事物，總是一下子便變得像泡影一樣虛幻。事實上，教授Q已經草擬了多少封信，要想向瑪利亞解釋他和愛麗詩的愛——不，這一切無關背叛，因為追隨愛麗詩，就等於追隨他自己。說起來，與愛麗詩相愛，可以說和他的妻子一點關係也沒有，兩者根本並沒有衝突之處——教授的信已經寫得太多了，它們字字鏗鏘，只是承載它們的紙張太軟太薄，有時被教授Q揉成一團，有時被他隨意丟棄，更多的喃喃自語，早就塞滿了他的抽屜，一旦拉開來，便會像令人噁心的嘔吐物一樣，不斷地滿溢出來。

22

坐在碼頭附近的石級上，瑪利亞觀看著停在港內的幾首輪船，海上不時有一些嘔吐物似的泡沫湧上來，船偶爾發出悠長的哀鳴。天空白濛濛的一片，除了眼前的景物，城市完全被遮蔽了。

拉著行李箱，登上巴士到達港外線碼頭的瑪利亞根本沒有走進出入境大堂。瑪利亞試著給教授Q打了一通電話，想要告訴他，因為濃霧的關係，多艘前往H市的船都取消了，但正如她所料，教授Q的電話照例無法接通。

這天再回辦公室已太晚了，然而瑪利亞也沒有立即回家裡去。不知道為什麼，船取消了，瑪利亞好像半點不感到意外，她只是想起，那天夜裡，她一直無法入睡，在黑暗之中，她忽然意識到，丈夫已經走進房間來，但他故意不亮燈，像鬼一樣想要摸上床，終於哐啷哐啷的，不知踢到了什麼。

瑪利亞好像看到教授Q僵住了的身體，但事實上，房間始終漆黑一片，背過身去的瑪利亞看到的，只是天空裡被什麼咬得只剩下的一點點月亮，一道詭譎的微笑。瑪利亞本來想說點什麼，但沉默是一片安全的薄膜，她並不想魯莽地去刺破它。

現在，海上的臭氣突然一下子襲來，卻似乎無礙人們在海邊繼續散步和遛狗，甚至還帶著開心的笑臉。瑪利亞不知道自己還在等待什麼，眼前的景象重複，時間便好像不再向前，過了許久，又有一陣船的哀鳴傳來，她才終於拖著行李，重新登上來時的巴士。

回到了自己居住的小社區，瑪利亞覺得心好像踏實了一些。沿著行人道有不斷延展的欄杆，綠色人形燈亮起，車子剎停在界線以外；剪成球狀的樹安靜地站在梯形的花槽裡；甚至那些隨處可見的保安員身上，天藍色的制服也有一種鎮靜人心的作用。

這是一個自足的小世界。例外的事物被驅趕在界線以外。比如說，遠處廢棄的工廠裡那些生鏽的排水口與搖滾樂手；地下管道裡拖著一串汽水罐喃喃自語的流浪漢；那些持刀行搶便利店的藍種人或與本地人大打出手的剎難旅客。作為這個小社區裡受過良好教育的居民，瑪利亞當然關心那個「外面」的世界——那些人和事有時會以意外的方式出現在新聞裡，在常軌以外，以一種被壓平的，只存在於書面的語言被報導與講述。

不過，更多的時候，瑪利亞根本無從知道那些雞毛蒜皮的新聞，無從知道那些人的存在，因為它們只會刊登在以南方語寫成的報章，而不是瑪利亞喜歡讀的維利亞文報紙。維利亞文報紙關心的是國際性的新聞，那些重大得多的世界大事。相比於流動多變、充滿表情的南方語，瑪利亞更喜歡維利亞文的靜詞變格與動詞變位，喜歡名詞和形容詞之間的界限。彷彿世界只要被置入這樣的語言結構之中，便變得有因果、時間、地點，以及性別，世界便變得井然有序，變得具有內與外，變得可以理解。

瑪利亞不知道為什麼想起，小學的時候那本藍色的學生手冊。那時，她喜歡把它捧在掌心，從左至右，細細地翻閱。她喜歡編了號的校規，喜歡可以追查的尺度。然而校規並不常常使她滿意，它們的語言有時竟呈現成一張充滿破洞的網，因而使她禁不住偷偷發笑。她喜歡拿著一枝小號鉛筆，像拿著針線一樣，小心地縫補那些語言中微小的漏洞，把它們織得密不透風。瑪利亞覺得，現在她又看見了一個洞。在她自己努力保護範圍內，有些什麼破損了，發出滋滋的，空氣在迅速漏掉的聲音。

就像平日一樣，瑪利亞用她的鑰匙，咔嚓打開了門。缺乏陽光的中午，公寓裡的一切看起來都欠缺輪廓。家具淡淡的影子在木地板上虛晃著，使瑪利亞幾乎以為它們在向自己說話。然而，瑪利亞聽不到一點聲響。她放下行李，便走到客廳朝向天井的一個窗口，想要把教授Q那件晾了兩天的大衣收下來。然而，當她用手去揉弄那件大衣時，卻發現它仍是濕濕涼涼的。也難怪，屋苑管理處為了市容，不許衣服晾在公寓有日晒的一面，何況，這陣子城市裡幾乎看不到陽光。

瑪利亞在沙發上坐下來。從她的位置，正好可以望見浴室關上了的門。瑪利亞幻想著教授Q突然從門後走出來——這幾個月來，從浴室裡走出來的教授Q總是把頭髮用髮蠟抹得烏亮，身上灑了古龍水，嘴角漫著春天的氣息。他的鬍子每天都刮得很乾淨，並且不再穿那些泥土色的寬身上衣，而是粉色系、袖口有細緻花飾的襯衣。當他在瑪利亞眼前走過，她便可以看到他那新式的牛仔褲把他有點鬆弛的屁股裹得緊緊的。

瑪利亞皺了皺眉，覺得這個男人的打扮也太不像話了，看起來一點不像一個有教養的大學教授，倒像是一個過了期的，卻仍然憧憬著刺激與危險的浪蕩子。其實眼前這個男人並不讓瑪利亞感到陌生。那天究竟發生了什麼事？瑪利亞記得，許多年以前，有一次，大概他們正在討論什麼問題，或者只是瑪利亞正在講述自己對某事的看法，Q搖了搖頭，不發一言便躺到路軌上去。瑪利亞大聲呼叫，但她的聲音卻一下子被火車的警號淹沒——那是Q刻進瑪利亞記憶裡的鏡頭定格，伴隨著火車和路軌摩擦時所發出的尖銳的聲音，一種強而有力的，覆蓋了一切的聲音，彷彿在世界無法理解的盡頭裡。

瑪利亞以為，Q瘋狂的部分早就被馴化了，但如今她覺得，那個不顧一切地躺到路軌上去的Q並沒有消失，而只是一點點地，隱藏在一層疊一層的脂肪之間，在一個鬆弛的人形皮囊裡。教授Q終日閱讀的，那些她看到就覺得頭痛的艱澀論著與迷幻的小說一直滋養他。瑪利亞想像，如果她把耳朵伏在教授Q漸漸變得渾圓的肚皮上，她大概仍能夠聽見那種尖銳的聲音，只是因為被困在很深的地方，顯得若續若斷，並使她想起，博物館內，已經無法行駛的火車遺骸。從在很久以前開始，這就是瑪利亞一直憧憬著的步入老年的景象，一個漏斗狀的人生：意外發生的可能性正逐漸縮小，而記憶漸漸滑進那一個個讓人安心的玻璃瓶裡，被封存，被妥善地安放在架上，不會再干擾他們平靜的生活。

在瑪利亞坐著的三人座沙發旁，擺著另一張單人沙發椅。教授Q平日習慣坐在這張椅上讀書，因此，即使丈夫不在家裡，瑪利亞仍覺得椅子是專屬於他的。當教授Q坐在那裡的時候，有時會放下書，望著那個小小的，向海的窗口發呆。這時，教授Q和她不過只有兩三呎的距離，瑪利亞卻總覺得他在更遠的地方，彷彿紋絲不動的他正在經歷某種氣化的過程，漸漸只剩下一層乾硬了的人皮外殼，真正的他卻正獨自走到街上，默默穿過那些筆直向前的道路，以及四周小心架設起來的欄杆，直至闖進了一個被禁止進入的區域，無論瑪利亞如何叫喚，也無法把他叫住。

事實上，瑪利亞並沒有叫喚教授Q。當她看到著了魔似的陷入了另一個世界的教授Q，她倒是提醒自己，要屏息呼吸，像幽靈一樣，穿梭於家具之間。一個含有鉛的重量的東西正在膨脹，她似乎感覺到，一些微小的什麼觸及它，也會使它轉化為一頭怪物，稍一不慎，他們的房子，以及平靜安穩的生活，便終於會像日光過度照射的金屬盒子般扭曲變形，成為城市裡已經過度滋生的，無處丟棄的廢物。

瑪利亞現在看見教授Q書房打開了的一道縫隙，光沿那個缺口在地上慢慢擴展，來到她的腳下。瑪利亞覺得這是一種無聲的邀請。她抖擻了一下自己的精神，從儲物櫃裡拿出了抹布、一些清潔用品，決定要好好地清潔一下教授Q的書房。

瑪利亞環顧了一下房間，正如她一直以來所渴望的，教授Q的書房這陣子終於變得開闊而明亮，因為教授的書和雜物幾乎都被清空了，只剩下空空蕩蕩的書架。不過，教授Q

的書桌上卻放了一本薄薄的書。瑪利亞走近一看，才發現那其實不是書，而是一本時裝雜誌。雜誌封面上是一個年輕女人的側面。女人的頭上堆滿了鮮花（那簡直是一個鮮花的星球），白色的衣領筆挺像一個水瓶的開口——那女人不就是一個花瓶嗎？但她尖削的臉和鋒利的目光卻使人覺得不可以忽視她的存在。

瑪利亞從來不買時裝雜誌。她好奇地翻開裡頁，發現那些彩頁裡的女人穿著奇特，並且擺出各種在她看來，可以說是恬不知恥的姿態。瑪利亞對這些「下流東西」的嫌惡沒有維持太久，因為夾在雜誌裡的另一些事物，很快吸引了她全部的注意力。那是一疊教授Q的信用卡單據，包括一些時裝店、內衣店，以及酒店房間的簽帳——酒店的蜜月套房，住宿的日期「剛巧」就是她到H地工作的這兩天。瑪利亞看到那些單據在她的手裡微微抖動起來，於是她又翻了一下那本雜誌，在另外一頁裡，發現一張對摺起來的信紙，信的上款，寫的就是瑪利亞的名字！瑪利亞仔細地讀著信裡的每一個字。這是一封未寫完的信，而且滿篇都是胡言亂語，然而，與此同時，它要傳達的意思卻像刀鋒那樣銳利，直刺進瑪利亞的胸口。

瑪利亞無法抑止一股怒意湧上她頭顱，但同時，她的手腳卻軟了下來。她需要坐下來，瑪利亞想。她重新走到客廳，跌坐在沙發上。教授Q那個虛幻而漠視一切的人形就坐在她對面。瑪利亞用力把手上的抹布向他扔去，然後，她便聽到一陣滋滋的聲音。那聲音既近且遠，就在她體內某個她無法搆著之處。此時，瑪利亞不得不壓低自己的身體，抱住了自己的腿。她想要堵住什麼，好減慢一直從她體內漏走的空氣。瑪利亞發現自己渾身抖動起來，不，不是氣體，而是眼淚，從她的眼裡一直漏出來。瑪利亞想，自己應該做點什麼來制止這一切，但她什麼也沒有做，只是任由自己坐在那裡，任由一些圓滿、充盈的事物在她的體內一點點萎縮下去。

23

愛情，以及愛情所帶來的想像力給予教授力量，使他牽著愛麗詩的手離開酒店房間時，覺得走廊看起來和來時已不太一樣。怎麼說呢？走廊的門號和地毯如今看起來都被一種神聖的光芒所籠罩，教授Q甚至覺得，他們正在教堂兩排座椅中間的一條通道上，朝站在聖壇位置的牧師走去。他想像昨晚那位小提琴手再次出現，奏起了結婚進行曲——他的技術依然不太好，但就湊合吧。當然，這不可能是真正的結婚儀式，否則，教授Q可得犯上重婚罪。只是，教授Q此時根本忘記了自己是個已婚男人！真正的宗教儀式使教授Q發笑，然而，荒謬的事情有時也有它的必要。無論如何，教授Q這個早上覺得自己充滿了宗教的熱情。如果這個世界還有什麼是神聖的，那就是跨越年齡、背景，甚而是物種的愛情！

是鷹頭貓的聲音，還是魔術師在拍賣大會上的提問，這時再次在教授Q的耳畔響起？

「來吧，上帝在此見證——你——是否願意，把愛麗詩帶回家中？在那個被人類占有的世界裡，承認她，另一個物種的存在，無論貧窮富有、無論環境好壞、健康疾病……你——是否願意？」

「是的，我願意！我願意！」

「如果有人在愛情裡，他就是新造的人，舊事已經過去，你看，都變成新的了！」

隨著跳動的數字，升降機從凡間來到天上，向教授Q和他的女伴敞開。教授Q很高興裡面一個人也沒有，厚厚的羊毛地毯像雲一樣輕軟，升降機頂的玻璃閃閃發亮，教授Q仰起頭來，看到一個被倒轉了的世界。

很可惜，酒店畢竟是一個凡俗之所，升降機很快在另一個樓層停了下來。走進來的是另一對男女。男的那個比教授高大，西裝也比教授筆挺。他稍稍瞥了愛麗詩一眼，卻根本不放教授在眼內。至於他身旁那個珠光寶氣的女人，則用不客氣的目光，仔細打量了一下教授Q和愛麗詩。教授Q想要回敬她一張狠臉，但卻感到自己表情僵硬，不自覺縮進了角落。這時，他倒故意看了愛麗詩一眼，勉力向她展示一個鼓勵的微笑。

升降機沒有順暢地向下行，它幾乎在每一個樓層停下，走進來的人便越發多了起來。

而且，即使教授Q和愛麗詩已完全被擠到升降機裡面。那些剛走進來的人，不知為何都把目光投向教授Q和愛麗詩的一邊。教授Q此時喉頭發緊，背上冒汗，本來緊握著愛麗詩的手，指頭竟有些發抖起來。

升降機終於來到地下的一層，教授Q本來想要快速地牽著愛麗詩的手，逃出這個令人不安的空間。然而，越過那些正在步出升降機的人們，教授Q突然瞥見了一個熟悉的人影。那個人坐在大廳的咖啡酒廊，背向著他，正和某個頭髮灰白，看起來異常尊貴，臉上每一寸皺紋彷彿都帶有閃光男的人在談話。教授Q認出來了，那不是教授W嗎？另外那個男人看起來也很眼熟，像是大學高層，又或是政府裡的重要人物。升降機裡的人幾乎都離開了，教授Q和愛麗詩很快便要曝露在所有人的目光之中。教授Q把臉轉向愛麗詩，向她展示了一個充滿愛意的眼神，但與此同時，他掙脫了愛麗詩的手，獨自奪門匆匆走出了升降機。他低著頭，快步朝大堂服務台的方向走去，直到隱身在一根粗大的雲石柱子後。

在教授Q站立的位置，可以清楚看到咖啡酒廊內的情形。W和尊貴的男人似乎正談得興高采烈——那個男人究竟是誰？為什麼W會認識他，而且狀甚熟稔？或者，教授Q太小看了這個新入職的小教授。他那副勤勤懇懇的老實模樣，說不定都是裝出來的。教授W

可有看見他和愛麗詩？誰知道若他看見自己和一個年輕女子（或者說，一個洋娃娃！）在酒店裡出沒，回到大學裡會胡謅些什麼？

教授Q雙腳發抖，但他覺得自己倒不是害怕，這只是情感在體內流動形成的震動。教授Q又觀察了教授W和尊貴男人好一會兒，覺得他們似乎真的並未覺察自己的存在，身體才沉穩了下來。不過，愛麗詩可是到哪裡去了呢？教授Q四顧了一下，他很高興愛麗詩沒有尾隨著自己，也沒有在公眾場所高聲叫喚他，引起任何人的注意。然而，整個大堂都沒有愛麗詩的蹤影。她可是到哪裡去了？

幸好，這時教授W和尊貴男人似乎正在結帳離開。教授Q沿著柱子，稍稍挪動他的身體，避過他們的視線範圍，好不容易，終於目睹他們離開了酒店，才從柱後走了出來。教授Q稍稍整理了一下自己的衣裝，看到不遠處一個大堂服務員正向他投過來一道懷疑的目光。教授Q故意朝他笑了笑，走向櫃檯，大聲地說出自己的房號，說是要辦理退房的手續，然而，當他再回過頭去，想看看剛才站在大堂那個服務員的反應，他卻已經不在那裡。

教授Q看著櫃檯後的服務員面無表情地鍵入了資料，把一張剛打印出來的收據放在櫃檯上，便轉過頭去服務另一位客人。雖然教授Q早就知道酒店的房費，但此時看著單據上的數字，還是不禁吃了一驚。而且，即使付了那麼多的錢，大酒店櫃檯的服務員竟還是完全不把他放在眼內。教授Q本來想投訴關於小提琴手的事，但此時決定不說些什麼。教授Q想，這倒不是因為自己畏縮，而是目下，他可得快一點去找愛麗詩才是。教授Q在酒店大堂裡四處巡行，雖然沒有人和教授Q說上一句話，但那些坐在咖啡酒廊裡或前廳座椅上的客人，甚至連所有站立著的服務員，似乎都一眼看穿了教授Q似的。他們的臉像鋼鐵一樣反照著彼此，心照不宣，好像他們都知道，教授Q不過是這座城市裡隨便一個多餘的人，一個無名小卒，任何人只要一根指頭，便可以一下子把他按扁。

教授Q感到委屈，同時又因為無法找到愛麗詩而近於絕望。他重新走到升降機前，發現它正停在頂樓。他心裡閃過一線亮光：愛麗詩可是回到了房間之中？教授Q重複幾次按了升降機的按鈕，焦躁地等待升降機重新落下來。升降機再次湧出一堆客人，教授Q迫不及待，正要步入去，卻竟看見了愛麗詩！啊，她仍然站在升降機裡面的一個角落，臉上帶笑，一隻手伸出來，手掌微微張開，等待著他。

教授Q走進升降機裡，滿心歡喜地去牽愛麗詩的手。然而，愛麗詩並沒有跟教授走出去，而是仍一動也不動地站著。是的，愛麗詩沒有移動。教授Q重新注視愛麗詩的臉。他怎麼沒有發現，愛麗詩的嘴角微微上翹，彷彿正在微笑，但她的表情早就僵住了，她伸出的手並無法收起來，她的整個動作早已僵住了。

可憐的教授，此時，除了獨力抱起沉重的愛麗詩，任由四周的人帶點驚訝，大概還帶點看好戲的心情，看著他把一個女人？大型人偶？搬出酒店大門，教授Q還能怎樣？幸好，小貨車早就在酒店門外等著。教授Q讓司機幫忙把愛麗詩抬上貨車，關上了門，才總算鎮靜下來。

教授抱著愛麗詩，低下頭去，望著她的臉。愛麗詩的雙眼已經閉合起來，像是睡著了一樣。不知是否受到童話故事的啟發，教授Q忽然湊近愛麗詩的臉，胡亂地吻了下去。教授Q老去的皮肉磨蹭著愛麗詩的臉。可惜，愛麗詩並沒有從死裡復生，倒是一種冰冷感反過來侵入教授Q的肉身，使他打了一個冷顫。

教授Q把愛麗詩平放在沙發上，自己縮在一角，忽然產生了一種幻滅感。愛麗詩，愛麗詩啊，難道這一段時間發生的一切，不過是一種幻象？教授Q想，自己已是一個五十歲的老人了，正如鷹頭貓所說：「這可能是，你人生中最後的冒險機會了。」他是已經錯過了自己最後一次機會了嗎？

不，待愛麗詩好好睡過一覺後，她一定能夠復原過來。之前，愛麗詩也不曾說話、不曾走路，一定只是一時的活動過度，使她太疲累了。只要愛麗詩重新醒過來，教授Q必須向她說明自己的計畫。到時，他要把一切向瑪利亞闡明——

回教堂的路上，教授Q一面胡思亂想，一面把手按住躺在沙發上的人偶愛麗詩，免得車子一下顛簸，便把她摔到地上去。車廂有點太冷了，教授Q拿了車裡備有的一件西裝，蓋在愛麗詩身上。西裝無法覆蓋愛麗詩伸出來的手，它高舉著，像是要從空氣裡攫取什麼。教授Q禁不住再次握住她打開了的手掌，在她的耳邊低聲叫喚她的名字：「愛麗詩！愛麗詩！」然而愛麗詩耳朵張開，嘴角微笑，就只是不再吐出一句話來。

24

星期天的早上，陽光爬上了瑪利亞的一雙腳掌，潛進它每個細細的毛孔，使它們看起來就像聖物一樣閃閃生光。瑪利亞望著自己一根根沉默而分明的腳趾，腳趾和腳趾之間拼合而成的縫隙。她想：我昨天幹了什麼？我什麼都沒有幹，除了打開電話裡的通訊欄，胡亂撥了一些電話。

瑪利亞在沙發上睡了一夜，此時坐起來，望著朝向大街的窗口，才確定陽光是真實的。這天，陽光居然從裂開的雲層間大把大把地透射出來。

「他的大衣這天該會乾了吧？」她想，同時把目光移向教授Q書房那扇打開了的門。此時，瑪利亞禁不住笑了起來。「我管他的衣服乾了沒有？」

現在，瑪利亞覺得自己有更重要的事情要做。她走進教授Q的書房，從時裝雜誌裡頁夾住的單據上找到了「那所酒店」的名字。

整個早上，瑪利亞就在教授Q和愛麗詩住宿那家酒店對面的街道上徘徊。起先，她的臉隱沒在停車場角落的陰影裡，後來，她把自己藏在一根燈柱後。每當瑪利亞意識到經過的途人在打量著她，她便試著換一個能夠迴避人們視線的地方站著——她感到羞愧，她有一個感覺，任何一個人都比她更清楚自己丈夫做過什麼醜事，然而，所有敵意的目光卻全都滙聚在她身上。

瑪利亞終於看見教授Q雙手抱著一個披散著閃亮長髮的外國女人走出了酒店大門——不，她不是外國女人。瑪利亞簡直不敢相信自己的眼睛。那個她雙腿離地，一隻手僵硬地張開著，像是要邀請街上的每一個人與她握手。她不是人，是一個人偶，一個玩具！那個玩具的下巴靠在教授Q的肩膀上，她張著眼睛一點也不害羞地直視著瑪利亞，她的微笑那麼溫柔，幾乎無法覺察任何惡意。然後，瑪利亞看到有一個男人從一輛小型貨車的司機座上走了下來，協助教授Q把「她」抬上了貨車。

瑪利亞跳上的士，叮囑司機緊隨著貨車。這兩輛車漸漸遠離了市區，駛離了瑪利亞熟悉的區域，穿過特別狹窄的小徑，在沙石泥路上左拐右拐，泥濘啪啪地濺上車身。有一陣子，車輪吃住了什麼似的，幾乎無法前行。引擎怒火中燒，車子才又一個箭子似的滑行。

「這是什麼鬼地方！等會兒都不知道怎樣駛回市區！」

司機怨聲載道，瑪利亞只得一面按捺住自己的惶惑，一面安撫司機，答應付他雙倍車資。好不容易，直至來到一個小碼頭，教授Q的車才停了下來。碼頭空空蕩蕩的，眼前一片大海，只停了幾條小艇。瑪利亞看著教授Q抱著娃娃，跳上一艘小艇，轉眼已向著大海中央航去。瑪利亞來不及細想，找到一個艇家，指著教授的小艇，口裡還說不出什麼，艇家便像是明白了，也搖起槳來。

帶著鹹味的風迎面吹來，瑪利亞抓住船身，稍一喘息，便不禁驚訝這一帶的海水如此清澈，艇行駛處，竟可以看到一片影子似的小魚群游過，加之這天霧霾散去，天空呈現出一片虛幻的藍，遠處一座翠綠小島獨立在海上，如果不是心情抑鬱，此情此景，倒真是應該好好欣賞一下。瑪利亞近年翻看不少有關陌根地地理與自然生態的書籍，此時卻不知道自己身處何方，不禁有些慚愧。

早前在電郵裡看到過的那張地圖，再次在瑪利亞腦裡浮現。「誰知道這不是計畫中將被重新發展之地？」她再看一下四周，一絲絲雲霧在更遠處的山巔飄過，更覺一切就像海市蜃樓。

教授Q終於帶著娃娃在小島登岸，瑪利亞遠遠看到教授Q抬著娃娃走上了一條上山的石梯，便趕緊尾隨著他，抬頭時，冷不防看到山上竟有一座純白色像鴿子一樣的教堂！

瑪利亞走到教堂門前，發現大門已鎖上。她繞著教堂四周行走，只見窗口都被黑布遮住了，但在教堂背後的一面牆，牆腳之處竟有一個腕口大的，似乎原來是接駁什麼喉管的洞。瑪利亞此時也顧不得儀容，蹲了下來，把眼睛貼上洞口，居然可以清楚看到教堂裡面的情形。

教堂裡的夢幻木馬、豹紋雙人座椅、巨大的罩紗床，莫不叫瑪利亞目瞪口呆，而就在此時，她發現自己的丈夫正抱著那個人形娃娃，向自己的一方走來。

教授Q把娃娃放在祭壇之上，隨之動手解開她的衣衫。瑪利亞雙手掩住了嘴巴。從她的距離，她無法看清楚那個娃娃，卻能夠清楚看到教授Q那張像是下了決心似的，瘋狂的臉。教授Q的手上拿著一把小小的，手術用的金屬夾子，伸向了那個娃娃——瑪利亞連忙閉上了眼睛。當她再次睜開眼時，教授Q的表情看起來卻柔和多了。他一時小心翼翼地檢查娃娃的四肢，一時又把她扶起來，搖動她的身體，看上去竟像是小孩子在玩家家酒。

過了一會，教授Q像投降者那樣，丟下了手上所有的工具。他從一個衣櫥裡拉出了一堆白色蕾絲，把娃娃穿成了一個芭蕾舞者，又把她抱到一個梳妝台前，把那些散亂的頭髮盤起，梳成了一個髻，還替她戴上了一個閃閃發亮的天鵝頭冠。瑪利亞雙腳早已蹲得痠軟，搞不懂自己的丈夫究竟要對這個娃娃打些什麼邪惡主意。只見教授Q對著娃娃又呆立了好一會，終於把她抱到一個雙人座椅上，拿起了一本巨大的內裡塞滿了彩色照片的書冊。他一隻手環抱著娃娃，另一手卻一頁一頁小心地翻著那本書。他的嘴巴貼近娃娃的耳朵，喃喃地說著什麼，就像一個慈悲的老父，向他的女兒講起睡前的故事來！此時，瑪利亞的憤怒和悲傷已徹底被驚訝與惶惑所取代，尤其，過了一會，她看到教授Q終於把書本合上，卻竟就把自己的頭顱，伏在娃娃的肩膀上，抽抽搭搭地哭了起來！

25

被陽光深深打磨過的尖銳而毒熱夏天，以及那些銀閃閃割喉刀片一樣的蟬鳴，究竟是什麼時候，突然從四方八面襲來的？教授Q感到神經一陣刺痛。他那個曾經溫軟的愛人，如今冷硬無語的玩具已經被他重新放回音樂箱裡。

教授Q直直地坐到書桌前那張雙人座椅上，只想好好重整自己的專注力。然而，不幸的教授在隨手抓來的一本筆記本上首先看到的，是自己幾天以前才寫下來的，一篇駁斥康德的隨筆。他不過瞥了文章的首兩行，便忍不住罵了一句「鬼話！」。他接著翻看這幾個月來在筆記本上寫下的東西，越看便越覺得這些文字簡直就是瘋子的胡言亂語。教授Q無比羞愧，怎麼也不相信這些東西是他自己寫下的，而他竟曾經幻想自己可以出版它們？此時，教授Q覺得自己已經不那麼悲傷了，他只是感到噁心，說不出是對這個地方，還是他自己。

教授Q匆匆地走出教堂，發現這見鬼的山頭上除了陽光，便只有濃黑的樹影，以及不知名的昆蟲發出的雜音。它們就像酒精一樣，有一種混淆視聽的惑力。教授Q在島上隨意行走，不自覺地，又再次走上那個小山丘，遙遙看見自己工作的那座灰色大樓。大樓仍然顯得土頭土腦，然而，卻被陽光點燃得那樣耀目，好像它越是笨拙，就越是值得好好炫耀一番。難道大樓看起來不怪異嗎？它是如此灰暗，卻又閃閃發亮，並且無比堅實地站在那裡，像是刻意和教授Q對著幹。已經是暑假了，如今還有誰在辦公大樓內？教授W的臉突然在教授Q的腦裡閃現。教授Q以一隻手擋著自己的眼睛——陽光真的太毒熱了。城市被霧霾淹沒了這麼多天，陽光如今卻像火災一樣臨到。這是一個警號！一種像火藥線一樣迅速燃至的恐懼感取代了一切，占據了教授Q！

教授Q發現自己又回到了孤舟大學。事實上，他也不太清楚自己為什麼要回來。久沒回校的教授Q以為，暑期裡的校園理應是空空蕩蕩的，然而，計程車剛駛進大學範圍，他便注意到四周不單多了許多四處巡邏的保安人員，不少暗角裡竟都站著一些穿T恤牛仔褲，肌肉緊繃的大漢，執法者的表情占據了他們的臉。教授Q從車窗裡窺看他們，發現自已禁不住渾身抖顫起來。

教授在灰色的辦公大樓前下車，感到背後有誰正狠狠地盯著他，他低下頭去，好不容易在保安鎖上鍵入了一組號碼，他聽到叭的一聲，便一股腦兒直衝進大門。進到大樓裡，教授Q稍稍感到安心一點，他退入陽光不能照射到的一個角落，通過大樓的玻璃門，想要看清楚有誰在外面監視著他，但此時，他只看到不遠處的杜鵑花叢晃動了一下。

教授Q來到辦公室的樓層時，有點驚訝，一切就像他上一次離開時一樣，每一扇門上仍然掛著教授們鍍了金的名牌，走廊裡有一股陳舊的氣味，一列透明的信箱執拗地立在那裡。唯一不同的是，教授Q的信箱裡躺著一封信，信上蓋著一個機密的紅色印鑑。信件由一個叫做大學特殊任務委員會的單位發出（教授Q並不知道這個單位的存在），信裡沒有說明發生了什麼事，只是請教授Q於當天下午三時三十分，到中央大樓出席一個特別的會面。

「如果我不曾回學校走一趟，豈不是便會錯過這場會面？」

信裡沒有說，教授Q要和誰進行會面，他們究竟要找他談些什麼，但會面安排在那座中央大樓，證明事件一定有相當的重要性。教授Q想，難道是關於近日罷課的事？——

然而，為什麼是「會面」，而不是「會議」？那不是說明，要談的事針對的是他？他可是犯了什麼自己不知道的錯？當然，事情也可以向好的一方理解。最少，教授Q及時發現了這封信，畢竟沒有錯過「會面」，而且，說不定「會面」是為了表揚，而不是處罰他？畢竟，教授Q在大學裡工作也十多年了。或者，系主任向上級說了些好話，使他們注意到教授Q對大學的貢獻，決定不必通過正式的申請程序，提早把他升為副教授，給他終身教席？只是，系主任為什麼不先給他一點暗示，好讓他有所準備？

教授Q走進自己的辦公室，坐在他那張人體工學椅上，身體微微往後仰，希望自己可以放鬆一點，但也是此時，教授Q忽然注意到，自己的辦公室好像和平日有些什麼不一樣了。一時間，教授無法判斷是些什麼，百葉窗簾都落下來，因此無人能夠從外面窺視他。是因為沒有音樂嗎？或者音樂可以使他鎮定一些？不，不是音樂，教授Q注意到了，那是他面對著的，那一堵過於蒼白的牆壁。這牆壁上本來不是掛著一幅畫嗎？但那幅畫現在已經消失了，只剩下牆上一口鐵釘，以及沿著釘孔稍稍裂開了的牆身。誰來過這裡？如果是小偷，怎麼會在乎 一幅不值錢的畫？

教授Q看著牆壁上遺留下來的那枚鐵釘，試圖回想之前掛在這裡的那幅畫。但除了一些模模糊糊的顏色以外，教授Q竟無法記起它究竟畫了些什麼。鐵釘是嶄新的，看起來，才剛打上去不久。教授Q想，有沒有可能，他其實僅僅打了一口釘，而根本從未掛上過任何畫作？不過，如果是這樣，他倒是把要掛上去的那幅畫放到哪裡去了？

教授Q看了一下手機，才不過是中午。還有好幾小時，他應該做些什麼？教授Q低下頭去，看著自己的掌心發呆，他忽然覺得，自己兩隻手掌上的紋理充滿了深意。它們似乎各自隱藏了一幅地圖，只是表述的不是任何特定的地方，而是某種本質世界的變相。也就是說，這些錯綜的線段所形成的網絡看似複雜，其實卻殊途同歸，暗示著命運恆定的結構。教授Q想，只要有足夠的樣本，或者他就能從人類手掌的紋理裡，歸結出從未為學者發現的真理？

教授Q不知道自己是如何在辦公室裡挨過了幾個小時的，但他很高興自己終於決定走出大樓，不去管規定的時間是否已經到來。大樓外一個人也沒有。陽光就要把石屎地晒出血來。教授Q獨自緩緩地沿山坡向上行。他聽聞中央大樓已久，但其實並不確知它確切的位置。根據指示，教授Q應該要走到山頂上，那是他從未抵達過的地方。

教授Q再次經過儒者的銅像，他發現圍著儒者的鐵欄杆已經不在了，儒者看起來和往日無異。教授Q想：他早已經成精了，所以他沒有恐懼，他的臉總是那樣，忍住了的冷笑也總是那樣，成了精的他怎會關心人世？怎會同情像我這樣倒楣的教授？雖然創辦了這所大學，但他卻仍然瞧不起這裡，瞧不起我們！教授Q心裡怨恨，但他不知道自己恨的是誰。他感到雙腿發軟，只能吸了一口氣，繼續往山上走。

出乎教授Q的意料，中央「大樓」竟是一座低短的平房，比起他工作的灰色大樓更不起眼。當教授Q再走近一點，他便發現，大樓的大門也沒有他想像中的富麗堂皇。那個低矮的前廳既沒有窗，燈光也不足，須得通過特殊證件驗證才能通過的閘口，看起來就像是某個破舊的地下鐵入口處。教授Q沒有通過閘口的證件，好不容易才看到閘裡一個坐在牆角，正在打瞌睡的保安員。教授Q輕聲地叫喚，又向他招了招手，但那個保安員仍一動不動，教授Q不得不提高聲線，又用力地跳躍起來，直到他的叫喚已經近乎咆哮，保安員才慢條斯理地站起來，不情不願地向他走來。

「我是——」

「證明文件？」

教授Q本來想要以「特別事務委員會」的名義來嚇唬一下保安員，但保安員連正眼也不看他一下，一隻手徑往後頸搔癢。為了通過閘門，教授無可奈何地掏出了那封「機密」的信件。

保安員打開了信件，眉毛一下高一下低地讀著。教授Q想，他根本看不懂維利亞文，全是裝模作樣！無論如何，他還是按保安員的指示，走進了前方的一座升降機。教授Q注意到升降機裡顯示的樓層都是負數，此時，他忽然明白，大樓沿山坡向下延伸，剛才他其實已經站在它的最頂層，現在，他可是在逐層往下，通向地獄！

走廊裡，一個女人已經在那裡等著。教授Q認得，她是院長的秘書。教授Q想要跟她打一聲招呼，但她不看教授一眼，便把他引進一個相當寬闊的會議房間。房間中央是一張巨大的橢圓形會議桌，教授Q看到三個穿著整齊西裝的男人坐在與他相對的桌子的另一端，但因為距離太遠了，教授得瞇起雙眼，才勉強可以辨別對面坐了些什麼人。有一瞬間，教授Q吃了一驚——除了系主任，另外兩個莫不是文學院的院長和大學校長？不過，當教授Q擠一擠他的眼睛，那兩個人的臉面又變得模糊起來。

「午安，教授Q。請坐！」說話的是系主任。也許房間太大了，他的手裡竟拿著一支麥克風，幾句平平無奇的話，聽起來也像演說一樣。

「你可知道今天我們請你來，所為何事？」

教授Q搖了搖頭，冒失地坐了下來，並沒有拿起放在他跟前的麥克風。

「最近校長肖像失竊的事，你應該知道的吧？」

院長說話的聲音也太響亮了吧？教授Q摸了一下自己的耳朵。失竊？從系主任的語氣看來，此事大概人盡皆知，但教授Q根本毫無頭緒，只得又搖了搖頭。

系主任別過頭去，低頭和另外兩個男人討論了一陣。教授Q背上冒汗，瞇起眼睛努力想要把他們看清楚一點，但偏偏就只是看到幾個鬼影。

「那麼，」又過了好一會，系主任終於再次說道：「請你想想，最近你可有與什麼陌生人搭上了關係？」

教授Q臉上一紅，這次他還沒有來得及細想，便使勁地搖了搖頭。

「不要回答得太快。慢慢想清楚一點。愛麗詩這個名字，可會令你想起什麼？」

這一來，教授Q不僅吃驚，而且渾身抖顫起來。系主任竟知道愛麗詩？無數不堪入目的色情畫面浮現在教授Q的腦裡。教授Q想：難道他們一直派人偵察他？然而，他不過是個沒沒無聞的人物，大學為什麼竟關心起他的私人生活？而且還如此隆重其事？教授Q此時瞥了一眼站在一旁的女秘書，她臉容鎮定——可以說木無表情。

「難道她也知道關於愛麗詩的事？」

與此同時，教授Q注意到離自己不遠的天花板上，有一支監視器的鏡頭正在狠狠地盯著自己。這是為什麼他無法看清楚對面的男人，而他們卻能清楚看到他的一舉一動嗎？

「看來，現在你終於想起什麼了。」

教授Q望著監視器，又轉過頭去，看著那三個男人。

「你知道，我們這次請你來，可是要幫助你。為了讓你的記憶力更好地恢復，讓我提醒你，根據我們的紀錄，在你入職這十多年裡，你兩次申請終身教席，都沒有獲得通過，而我相信，今年你將提出第三次申請。」

「可是——」教授Q此時情緒似乎有點失控了，「我不明白，這一切和愛—愛麗詩有什麼關係？」

「請用麥克風！」

教授Q沒有理會系主任，他似乎再次看到，他旁邊的兩個男人正在低聲討論著什麼。

而秘書這時則從一疊文件中抽出了一幀照片，把它帶到教授Q的跟前。

「你看看，照片中的畫是否有點眼熟？」

照片中的畫作，教授Q一眼便認出來了，這不是他辦公室裡丟失的那一幅畫？不——他現在已經記起，沒錯，這幅畫和他辦公室的那一幅，風格一致，但兩個人物的主次好像顛倒了過來。是的，現在影子男人再也不是影子，倒過來成了肉身，反而是跳舞的那個人成了一個黑影。使教授Q更驚訝的是，那個男人看起來竟和自己有幾分相似！

「我們直截了當吧，教授Q。我們相信畫這幅畫的人，和校長肖像的失竊有莫大關係，而偏偏，你辦公室的那幅畫作，很可能出自同一人的手筆。我們暫且不會說你是同謀，但你可得合作，供出作畫的人是誰。」

教授Q猶豫了一下，終於拿起了麥克風：「聽我說，不管你們是否相信，我一點也不明白你們在說什麼。這幅畫我認得，因為我剛好也收到了一幅相似的作品。我還真希望有人告訴我，作畫的人是誰。你們想想看，如果我知道那幅畫可能是什麼罪證，我怎麼還會把它掛起來？」

「教授Q，我不知道你要包庇什麼人。但我想告訴你，學校和警方遲早會把真相查出來，只是我們視你為自己人，和我們站在同一陣線上。我們給你幾天時間，你回去好好想想，是否有什麼可以向我們匯報。」

教授Q還想再說些什麼，但秘書竟粗魯地奪走了他手上的麥克風。秘書一定是在報復！深深不忿的教授Q很想和她理論一番，但她已擺出了請他離去的手勢。

啪！教授Q望了一眼已經關上了的門，感到腦裡空空蕩蕩的。

這一切是真的嗎？教授Q滿肚委屈，也不知道自己如何重新走到孤舟大學的山頭上。陽光使教授Q眼前一黑，他走到一個僻靜的山坡上坐了下來。吞雲港的海上泛著點點淚光。教授Q想：這一切是怎麼發生的？為什麼校方會知道他辦公室裡掛了那幅畫？此時，教授W的臉再次在他的腦海浮現。不久以前，教授Q才在酒店裡碰見了他，那必定不是偶然。教授Q掏出了他的智能電話，打開了學系網站，看到教授W在照片裡咧嘴而笑的樣子，忽然想起不久以前在酒店房間裡出現過的小提琴手，還有，還有古董街上的小丑——然而，有另一張臉，此時同樣出現在教授Q的腦海裡，那蓬鬆的頭髮、尖細的鳥一樣的眼睛——教授Q想，這時，除了鷹頭貓，還有誰可以幫我？教授Q記得那五個數字，他小心翼翼地，在他的手機上按動它們，每按一下，數字鍵盤便發出一下亮光，以及一聲響號。這是一組逃生的密碼，一道除魔的符咒，然而——如今，電話靜悄悄的，沒有一點反應。

教授Q又和電話戰鬥了好一段時間。他不明白，如果這電話曾經打通過，憑什麼就是現在突然打不通？

一個小時以後，在一個電訊商的門市裡，當教授Q向營業員重複他的疑惑，一個年輕的小伙子拿著教授Q寫給他的電話號碼，心裡不禁暗叫倒霉。他耐著性子，微笑著對教授Q說：「老先生，然而，這不是很自然的事嗎？陌根地的電話早已變成八個數字了呀！」

教授Q對於那位看來才剛畢業不久的年輕人感到相當不滿——誰不知陌根地的電話是八個數字？他看起來像是個老糊塗嗎？年輕人一點也不明白，這個號碼確實是曾經接通過。年輕人的笑容看起來是那麼的虛假，教授Q幾乎就要伸手把它撕下來——慢著，這笑容太眼熟了，教授Q在哪裡看見過？教授Q此時用力地從職員手上奪過了自己的手機，背過身去，便發足奔跑起來。

26

讓我們暫且離開被看成瘋子的教授Q，回頭看看他的小教堂，看看作為玩偶的，蜷縮在音樂箱裡的愛麗詩。愛麗詩抱著膝，看起來像一隻在蛋裡待孵的鳥。這是她最熟悉不過的姿態，好像她一生一直就是這樣，以最微小的姿態在暗黑之中度過。不過，你可以說，現在，她才真正成了孵化中的胚胎，因為她的身體的外部正在形成一層硬殼，而她的內裡卻在經歷環環相連的蛻變。事實上，愛麗詩不是沒有聽到教授Q對她的叫喚，只是她的外殼忽然變得那樣剛硬，彷彿從頭到腳，她已變成了一塊石頭，根本無法移動一根指頭。

愛麗詩記得，最先是由她的指頭開始的。當她的手忽然被甩開，石化的感覺便由她的指頭蔓延至她的全身。「你還不太認識這個世界，並不知道它的種種危險。」從教授Q嘴裡呼出的帶有濕氣的聲音在愛麗詩的耳邊響起。愛麗詩不知道自己是由什麼製成的，但一定是比石頭輕的物料。之前，她一直覺得自己的身體是輕盈的，彷彿她的內裡空無一物。但在那座升降機的角落裡，她瞪眼看著所有的人都離開了，升降機的金屬門像兩塊刀片一樣完美地重合，而她的雙腳卻如大理石一樣沉重得無法移動。

愛麗詩知道自己並非真的變成了石頭，因為她同時感到一股力，自她身體某個隱秘的位置開始擴展開來。愛麗詩想要張開嘴巴，想要呼叫，但所有可以疏通的管道似乎已被堵住，使得那聲音只能不住地在她體內膨脹。

教授Q已經離開了教堂，教堂裡的家具、書本，所有事物和它們的陰影暫時回到了自己的內核。此時，占據這裡的，是其他的聲音：蟬的鳴叫、鳥的鳴叫、蛙的鳴叫、風的鳴叫、陽光的鳴叫、塵土的鳴叫……它們各自擁有自己的語言，愛麗詩還不懂得的語言，但她好像是懂得的，因為它們彷彿是在替她叫喚——它們的聲音，就是她的聲音，像藤蔓一樣爬滿了整個教堂。愛麗詩張開嘴巴，她的手指在抖動，她居然可以稍稍抬起手臂，推開了音樂箱的蓋。

沿箱子一道小小的開口，愛麗詩看到黃昏的陽光透過黑色布幔的邊緣透進來，沒有幻彩，只有一條條淡金色的細線，像微微張開的眼，窺探著這個被封閉起來的世界。這些眼睛一定也能看見，在教堂聖所的中央，被高高釘在十字架上，頭向一邊耷拉下來的，滿臉愁苦的耶穌。愛麗詩奇怪，自己之前從沒有好好地注視過祂——在這木製的、粗糙而扭曲著的，充滿了痛苦的臉底下，如今，愛麗詩看到了交錯的河流。它們洶湧地流過祂的前額，抵達祂的頸項，沿著肋骨突出的身體，一直延展到祂的大腿、小腿，以及足踝上。祂交疊在一起的雙腳被打上了一口巨大的釘，正如祂張開的指頭抖顫著的雙手。

愛麗詩覺得，自己的身體裡也有一條條河道，有些什麼正在她的體內翻滾著，必須找到它們的出口。「神的愛推動宇宙。」愛麗詩記得一本書上這樣說。愛麗詩看著淡金色的光線裡，浮動的塵粒聚合起來，像是半空中一道道的河流。這是神的愛在推動它們嗎？如果光線能穿越人類皮膚、她的皮膚，她將看到什麼？愛麗詩記得，當鷹頭貓的手捉住她的，他渾身都在抖顫。在他的身體裡，一定也有一條洶湧著必須找到出口的河。

能夠被推動的人偶和人類的分野在哪裡？愛麗詩記得，還在不久以前，在魔術師的古董店裡，每隔一段日子，所有的自動人偶都會齊集在一個巨大的廳堂，各自占據著一個小小的舞台。當燈光亮起，那些被魔咒封印、靜止不動的人偶便會忽然復生——雜技表演員拚了命把劍吞進肚裡又再吐出來；魔鬼惡作劇似的，把頭拿下來又重新擺上；至於天使，她的臉總是一再從黑暗裡轉過來，被一個當成陽光的燈泡照亮。這些人偶看起來具有無窮的意志，他們如此竭盡全力，重複一組永恆不變的動作，自動小狗總是發出一模一樣的聲音、馬匹反覆剎停嘶叫。只有直到賓客散盡，他們的肢體和頭顱才會漸漸緩慢下來，他們的聲音漸漸乾啞——

在那裡，以愛推動他們的神，就是魔術師嗎？在這裡，是誰在推動愛麗詩？愛麗詩記得，教授Q說：「來吧，捉住我的手，不要放開。」「我愛你。我愛你。」教授Q說，同時甩開了愛麗詩的手。所有人都走出了升降機，愛麗詩看到兩片金屬門冷冷地合上。一定是某種能量消失了，因此愛麗詩再也無法移動。

被釘在十字架上那個木造的耶穌是神嗎？祂是否可以推動我？

如今，愛麗詩感到她的內裡有一股強大的動能，一條她從沒有感受過的深沉而痛苦的河流在她體內湧動。愛麗詩覺得，神就在她的體內，因此她能夠用她的雙手推開音樂箱的蓋子，慢慢走到了耶穌的跟前。愛麗詩伸出一隻手，覆住了耶穌的腳背，她以手指觸碰祂一根根的腳趾。她注意到，它們是由死去的樹木所雕塑成的，一波波的樹木紋理裡，正有小如米粒的昆蟲在爬行，塑造出迂迴的路徑。這些昆蟲是神嗎？牠們正在推動著什麼？當愛麗詩抬起頭來，正好看到耶穌向下垂落，那張像大地一樣起伏不定的臉。她看到匯聚於祂眉頭之間的陰影，以及張開來發不出聲音的嘴巴。

愛麗詩想要給予耶穌一點幫助。她沒能夠在祂身上找到發條，只能用雙手抱住祂——被釘在十字架上的耶穌比她高出許多，她只能抱住祂的腳。愛能推動——她確實感到硬邦邦的冷冷的耶穌正在變暖，並且正在慢慢地向後移動。愛麗詩放開了木製的耶穌，她退後一步，此時，她看到耶穌，連同祂身後的一堵牆已經移出了一道縫。一扇一直隱藏的門，如今終於出現在愛麗詩的眼前。

27

還沒有入夜，陌根地便再次被使人盲目的燈光所占據。教授Q在狹窄的街道上匆匆地行走，被他擠身穿過的人，那些肩膀被撞得歪斜的，紛紛斜眼看他。教授Q卻只看到他們背後的、頭上的燈光。燈光那麼灼熱，他覺得自己渾身都著火了。教授Q看到兩個並排而行的警察，在一條道路的最盡頭，正向他的方向走來。他四顧了一下，發現除了他，路上只有一排燃燒起來的木棉樹，有一些細碎的棉球在空氣裡像灰屑一樣浮游著。教授Q背過身去，開始奔跑起來。有人在吆喝他嗎？教授Q奔跑得更快了。他跑進一條隧道裡，一個坐在地蓆上的流浪漢向他咧嘴而笑。他是在追蹤自己嗎？教授Q回過頭去，看到他身上掛著一串叮噹作響、閃亮的汽水罐。在隧道口等著教授Q的則是一條主幹道。把車頭燈調到最亮的私家車飛馳而過，一輛雙層巴士粗暴地咆哮著，幾乎駛上了行人道。

教授Q的雙腳發軟，腳步緩了下來。他漫無目的地行走，發現慢慢地，竟又回到自己居住的小社區。教授Q看到屋苑的圍欄上掛了一個告示牌，以粗黑的字體寫著：「私家重地，閒人免進。」這個屋苑的四周都掛有這種牌子，平日教授Q對它們視若無睹，但如今卻忽然感到安慰，彷彿它們真的具有某種權威性，而且是為了保護他而存在的。然而，當遠遠看見一個正在巡行的保安員時，教授Q又不那麼確定了。這個保安員看起來有點陌生，他知道我是這裡的住戶嗎？教授Q平日不習慣帶住戶證。此刻，這點小事忽然使他極度不安起來。幸好，教授Q居住的大廈就在不遠處，而管理處就在大廈入口的中央位置，在一個窗口裡，管理員盡責地展示著他的頭顱，看起來像海上的一個游標。教授Q的呼吸再次粗重起來。大廈的閘門自動開啟了，當教授Q經過管理處時，他注意到管理員的頭顱沒有移動，但為什麼他火熱的目光卻仍追蹤著他？教授Q的腳步沒有停下來，事實上，他又重新奔跑起來！

教授Q多麼高興他終於回到了家裡。他沒有亮燈，而是跌跌撞撞地摸到沙發椅的旁邊。他覺得自己像一堆亂七八糟，勉強串連在一起的雜物，此時終於一股腦地安放在地上。教授Q抱著自己的雙腿，他想把自己縮成最小。此刻，他有點想哭，但他的眼睛乾澀，倒是感到下體濕了一片。這不要緊，教授Q想，他很高興自己沒有因為尿褲子而感到慚愧。他並不想起身更換衣服。再說，這裡並沒有其他人。是這樣嗎？沒有人，教授Q有點不確定。

然而，在這黑暗之中，難道監視器可以偵測到我的褲襠嗎？再說，到了這個年紀，連鷹頭貓也會發生這種事吧？教授Q笑了起來。他奇怪，鷹頭貓怎麼沒有反駁他。喂，老友，你可是徹底地逃走了嗎？沒有人回答教授Q。他已經不指望鷹頭貓的幫忙了，但沒有回聲的提問還是使得他有點失落。教授Q想，鷹頭貓可真不夠老友。偷情的事，最初不是他大力支持的嗎？現在，大禍臨頭了，他卻逃得沒影沒蹤。

然而，鷹頭貓卻是他唯一的朋友，教授Q想，在陌根地，這個他居住了多年的地方，教授Q確實再沒有其他朋友了，以至於教授Q根本不知道可以向誰抱怨他。說起來，教授Q是何時認識鷹頭貓的？教授Q試圖追憶老友的臉容，鷹頭貓的頭顱在暗處回轉過來，但現在，他的臉容不再那麼清晰了。教授Q只是聽到他的笑聲，那麼油滑，像個還沒有長大的少年。教授Q掩住了自己的耳朵——他不想要聽到它。不，不是因為忌恨。他為什麼要忌恨任何人？教授Q想，我有一份體面的工作，一個當高級公務員的太太，一個大部分人買不起的公寓——以鷹頭貓的個性，現在他大概仍在不同的地方流浪，沒有固定的工作，生活仍是朝不保夕吧？

或許，鷹頭貓曾經真的是教授Q最要好的朋友，但那已經是多年前的事了。說不定，鷹頭貓再也不是以前那個鷹頭貓，要不然，為什麼他跟自己說話不光明正大，要那樣藏頭露尾？鷹頭貓，這樣一個吊兒郎當，自由自在地活著的人，難道會明白我的處境和難處，為我設想嗎？再說，為什麼消失了多年，鷹頭貓如今才突然出現。不，他並不是為了幫助我而出現。或者，一切源於妒忌。那幅畫難保不是鷹頭貓寄給他的，目的就是陷害他？

如果教授Q失去了教職，他在這座城市裡將什麼也不是。而關於大學對他的指控，關於那些畫和愛麗詩，大概很快便不再是一個秘密了。這些事，他該如何向瑪利亞解說？瑪利亞，教授Q現在終於記起了自己的妻子。到了H埠公幹的她，應該這天就回來了吧？如果她知道教授Q那麼多魯莽的行徑，該是如何憤怒？此時，教授Q不禁想起自己那些寫給瑪利亞的可笑信件，他筆下的破碎句子，如今那麼冷硬地，像子彈一樣打進他的心房——為什麼我會寫出那些東西？甚至想要離開自己那個人人豔羨的妻子，和一個玩偶過新的生活？教授Q能夠想像，自己愚蠢的行徑，將使那些往日與他交好的人，一個個背過身去；

他將被驅逐出這個公寓，他在陌根地堅實的生活將如骨牌一樣一層層倒下去——教授Q忽然明白，自己根本不會把那些信件交到妻子手裡，幸好，他還沒有愚蠢到這個地步，教授Q想，一切還來得及。

目前，教授Q想，我應該去把弄髒了的褲子換掉，不要讓瑪利亞看到我這副見鬼的模樣。然而，教授Q卻沒有挪動他的身體。他很高興，公寓裡暫時只有他自己，以及寬厚的，充滿了包容的黑暗，即使大廳那個掛鐘秒針跳動的聲響就像一個擺在他腦裡的計時炸彈，似乎分分秒秒都要從內裡把他炸爆。

28

更早的時候，一通電話像電光一樣擊中了安靜的公寓，讓坐在沙發上發呆的瑪利亞驚醒過來。

是C太太的聲音。瑪利亞一開始沒有搞清楚她在說些什麼，但她漸漸明白，一切源自自己前一天的錯誤。然而，瑪利亞還是無法記起，自己究竟向她訴說了些什麼，以至於她急急召喚了其他女士們，要和瑪利亞「好好談一下」？

「下午四點鐘，沒問題，我會準時到達。」

瑪利亞惶惑地掛了線——她想，得先鎮靜下來，或者自己什麼都沒有說過，只是她不尋常的聲線，給予了C一些猜度的線索。無論如何，她當然不可能向她的女伴們坦白說出，自己的丈夫愛上了另一個女人（不，一個洋娃娃）的事實！

瑪利亞從衣櫥裡挑選出一件熨得妥貼的西裝衣裙，把它掛好後，就走進浴室。瑪利亞脫去穿了兩天的衣服，在一面半身鏡前，意外看到自己雪白的胸部，以及仍然緊實的身體，禁不住嚇了一跳。雖然已經年近半百，但鏡中人提醒瑪利亞，她其實還相當有魅力。只是，瑪利亞一直故意忽視這一點，好像美貌與誘惑力是一種道德上的缺陷。瑪利亞迴避了鏡中的她，爬進浴缸。蓮蓬頭嘩啦嘩啦的，鏡子此時也變得朦朧起來。忠實的丈夫斷不會迷戀上年輕的女體，瑪利亞想，她應該更早知道這一點。瑪利亞想起坐在洋娃娃跟前哭泣起來的教授Q——她開始惱恨自己，她怎麼竟一下子便沉不住氣？教授Q很可能是精神出了問題。是大學裡的工作壓力太大，還是他偏書讀得太多？顯然，丈夫需要的是幫助，而不是責罰。這念頭使瑪利亞感到精神一振，是的，想到丈夫需要自己的協助，瑪利亞便重新找到了現實裡的一個支點。現在，她覺得婦女聚會畢竟是好的，這讓她更快的從不必要的情緒漩渦中拉拔出來。

離開自己居住的公寓前，瑪利亞注意到對面住戶那扇門稍稍地打開來，在一道縫裡，露出一張熟悉的孩子臉。「你好——來，要吃糖嗎？」瑪利亞打起精神，在臉上築起一個笑容，伸手去摸自己的手袋，想給他一塊糖（平時，她總是在手提包裡塞幾個紅封包、一把果汁糖果），但這天瑪利亞偏偏無法在袋裡摸出什麼，最後掏出來的，是一個壓在袋裡太久，手工稚拙，並已經變形的繩結。瑪利亞尷尬地拿著繩結，正想要蹲下去時，小孩卻迅速地掩上了門。涼颼颼的門風一下子撲到瑪利亞的臉上。瑪利亞注意到，在關上門前，孩子的臉上掠過一種古怪的神色。這時，瑪利亞想起什麼——其實她早上就看見過孩子，在她匆匆忙忙地離開公寓，趕著要到酒店去的時候。這孩子一定看到了她蓬鬆的頭髮、她滿布紅絲的雙眼……事實上，瑪利亞無法想像她早上的瘋狂模樣，也不想記起。

瑪利亞重新站了起來，帶著一種強烈的挫敗感。她覺得自己不像剛才那麼滿有鬥志了。所有未被揭發的事情曝光前，它們都不是真實的，反過來說，一旦它們進入他人的意識領域裡，就像飄浮的塵埃落到地上，所有不存在的也都必然變成事實。瑪利亞想，以後這孩子看見我，一定會反覆想起我那個瘋狂的樣子。他甚至會向他的小朋友們講述，我家對面那個女人——。更壞的情況是，他已經向自己的母親作了報告——

但瑪利亞沒空去想這些，眼下，她要先赴女伴們的聚會。瑪利亞想，現在，這些女人可能已經在熱熱鬧鬧地商議，瑪利亞發生了什麼事，如何可以給予她安慰、如何給予她幫助……想不到連她的丈夫也——

瑪利亞已經走出了大廈，正向地鐵站走去，但忽然，她改變了主意，拐了另一條路，走向附近商場裡的一家超級市場。這家以出售過期食物聞名的連鎖超級市場遍布陌根地，但在這個中產階級社區裡，它改換了一個優雅的名字，加寬了貨架和貨架之間的距離，加強了射燈的效果，照亮了那些從地球另一半運來的五色繽紛的食品和雜貨。瑪利亞熟悉貨架的排列位置，迅速地把兩瓶紅酒、一瓶香檳、一大盤扇形排開的火腿、一木箱子色澤豔麗的進口草莓……放進手推車裡。挽著這一大堆沉甸甸的東西離開超級市場時，瑪利亞覺得心裡也沉著了些。

走進C太太的家裡時，那些圍坐在客廳裡的女士們向瑪利亞投來的目光顯得小心翼翼，一些還未有說出來的話在那裡蓄勢待發。瑪利亞吸了一口氣，她的微笑與台詞已經準備好了，還不等太太們發出什麼提問，瑪利亞首先說道：「——多久沒這樣燦爛的陽光！」

起先這些女伴們面面相覷，好一會才有一個人說道：「C太太告訴我們——」

「嗯？」瑪利亞瞥了C太太一眼。「誰知道我說了些什麼糊塗話——我一向喝得少，昨天剛出差回來，高興起來大概就喝多了兩杯——」

「說起來，我確實是有些話想和大家說——可以說是很重要的事，也可以說根本沒有什麼。我最近總在想，我們不該讓丈夫，不該讓男人們占據了我們的世界。事實上，女人們的聚會是不需要任何理由的。不是嗎？平白無事，我們也可以為自己慶祝一下。」瑪利亞的目光向太太們掃視了一下，像分配生日蛋糕那樣，她給每一個人都分配了一點她的微笑。

那些本來已儲存了足夠的憐憫，準備擔當作為同情者角色的女士們一時無法反應過來。瑪利亞的話似乎使她們有點失落，但同時，也使她們舒了一口氣。定是C太太誤會了，瑪利亞和丈夫一向那麼要好，她們很願意相信，他們的婚姻是一個例外。有一些女士已經站起來，幫忙瑪利亞把塑膠袋放到餐桌上去。「看你買了什麼好東西！」有一位女士把纏著香檳塞子的鐵絲解開來，塞子彈出來時的聲音，衝開了使人氣悶的下午，接著便是閃亮的泡沫。有人扭開了收音機，古典音樂台正播放著不知名的曲子——

女士們似乎開始談到另一些話題。瑪利亞沒有仔細去聽，只是拿了一杯香檳，從一個飾櫃中間鑲著的一小片扁長的鏡子裡，發現了自己像瓷器一樣光滑的臉。雖然是夏天，瑪利亞的衣鈕一直扣到了脖子。她注意到自己現在的臉確實就像一件很適合於公開展示的瓷器飾品：哭過的雙眼早就已經乾了，沒有流露出一點破綻；而且，毫無難度地，她呷了一口香檳，向著鏡中的人，擺出了一個訓練有素的，比背景裡播放著的古典音樂更為優雅的笑容。

29

有一扇門打開了。

你把手伸進去，像伸進一個既令人亢奮而又戰慄的摸彩袋。接下來，如果你把身體向下傾斜，你就會看到那裡已經伸出一條掛梯，像一條冰冷的舌頭。有滴滴答答的水聲，來自遙遠的地方。

你沿掛梯往下爬，直至雙腳重新踏在地上。如今，你清楚聽見水流的聲音。一條汙濁的河流自你的腳邊伸展出去。這是一條臭氣熏天的充滿了被拋棄之物的河流，它指引著你前行的方向。你聽到陌生的從未聽見過的聲音，有一瞬間，你抬起頭來，看見有一群金光閃閃的蟑螂飛過。你低下頭去，水裡便有一條灰綠色的巨物慢慢飄來，那是一條死去了的鱷魚，你伸手撫摸牠，牠的皮膚沉靜地湧動，彷彿冷凍的熔岩。

地下的世界有分岔的河流與道路，像樹木的分枝一直向外蔓延。分岔的道路是好的，因為它們意味著你必須選擇。如今，無論朝向哪一個方向，你都得捨棄部分的自己。你已經漸漸忘記有多少條被捨棄的道路，每條被捨棄的道路上有多少個被捨棄的自己。眾數的被捨棄的你沿著所有被捨棄的道路繼續往前走。

你走進了一扇門，你走出了一扇門，你慢慢靠近光源，你慢慢背離它。你看到那些拉開了一半的鐵閘、方向不明的梯階、破裂的玻璃。你慢慢升起，你慢慢下降。你看到了地平線上文明的建築物，你看到一座城市。這座城市是陌根地嗎？但為什麼四周的大廈看起來都那樣的破舊，就像它們的皮層被扯了下來，袒露出底下的筋肉？你看到牆上滿布了流血的塗鴉、眼球突出的人臉，機關槍從一個圓鼓鼓的肚皮裡伸出來，指向了你。

你走進一座大廈，發現大廈原來是另一座大廈的延伸。不，並不是許多並排在一起的大廈，而是許多大廈的雜交，一組組彼此交疊、糾纏在一起的巨型結構物。你看到死去了的巨獸一樣的大型機器，有著長滿鐵鏽的泥紅色粗獷表皮，被陰影以及青綠色的寄生物侵蝕著它的身體。不知何時，你又已經站在建築物的外部。崎嶇不平的馬路上沒有汽車行駛，路面凹陷的地方有人埋下了泥，長出了像老虎尾巴那樣，有著明朗斑紋的葉片。你看到一頭狗急步走過，但當狗把頭轉向你，卻露出了人一樣的臉孔。你以為自己聽到的是鳥的叫聲，但抬起頭來，卻看見一個頭髮留得很長的男人，坐在樹上彈奏一把巨大的梳子。當他張開喉嚨，簡直就像一隻鳥，隨時會飛向天空。

此時，你遇到了一個自稱魔術師的人。他披著斗篷、戴上禮帽。「因為服食藥物所產生的副作用，現在我身體任何一個部位都無法再長出毛髮。」他邊向你解釋，邊把臉挪近，把沒有睫毛的眼瞼往上翻：「你看，我眼珠的顏色越來越淡，都快要變成透明了，如果我不把自己的帽子戴上、斗篷披上，誰也無法看見我。」你注意到他說的斗篷其實是一塊墨綠色的帆布帳篷（它上面寫著一個水果檔的名字），禮帽是用舊報紙黏成的，那些曾經的「新聞」都被倒反過來，成了他頭上的裝飾。

你繼續向前走，發現不遠處站立了一個穿著芭蕾舞衣的女孩。她的後腳跟併攏，腳尖打開擺成了一個三角，雙手垂落，抱成一個圓形，頭上戴著的那一頂輝煌的鵝冠，和你擁有的那一頂簡直一模一樣。她幾乎讓你以為看到了自己。不過，她渾身上下都是黑夜的顏色，腳下只是一個粗製濫造的木箱子。你發現她不過處處想要偽裝成你的模樣。她在自己的臉上一層層疊加顏料，一味把臉塗得雪白，直至可以把自己的毛髮撫平、把毛孔堵住，好掩蓋人的氣息。你注意到，她的嘴唇抹上了金屬的色彩，然而，你的嘴唇卻是玫瑰色的，因為你的製造者以人類為楷模，極力想要賦予你一絲血氣。現在，你看到她腳下的箱子旁邊放了一塊紙牌。紙牌上似乎寫了好幾種文字，你認出了用維利亞語寫成的「機器造夢人」幾個字。

你放眼望去，覺得自己好像回到了古董店，因為在女孩的四周，散落著許多其他的箱子，每個箱子上都站了一個凝止的「人偶」。她們有的戴上了鐵皮面罩、披上了甲冑，好像正把長矛指向前方的羅馬士兵；有的戴著巫師帽子，裝上加長了的下巴，張開了兩手正要向誰施咒——你知道她們不是真正的人偶，因為，雖然她們都試圖變妝易服，以厚厚的顏料遮掩她們會呼吸的皮膚，但你同時看到她們微微抖動著的手指頭、小腿，有誰的眼睛不小心在眨動，有人就要打出一個噴嚏——

你不明白，這些隨時能奔跑起來的人類，為什麼要偽裝成死氣沉沉的玩偶？你注意到芭蕾舞女孩腳踏的木箱上並沒有可以搖動的手柄，倒是畫著一枚女皇硬幣，硬幣旁邊畫了一個箭頭，箭頭指著一個小小的洞口。你的目光在地上搜索，在石屎地上一道裂縫間有光在閃爍。你走近去，確定那是一枚硬幣，硬幣上有著女皇的頭像。你把硬幣投進箱子裡，咚的一聲，跳舞女孩的手動起來了，原來抱在腹前的雙手，有一隻移到了頭頂，站在箱子上的雙腳，有一隻現在抬起來，並在關節處，屈曲成六十度。

不過，女孩的動作這時再次凝止，你想要投入更多枚硬幣，好讓女孩的身體繼續活動起來，但你四處尋找了一陣子，發現地上再也沒有硬幣了。於是你站在女孩跟前，伸出手去，輕輕撫摸女孩大腿上黑色的絲襪，你把一根手指頭，伸進一個網洞裡去。此時，女郎的鼻翼、嘴角都在抖動，接著你便聽到了一串笑聲。女孩僵硬的身體此時終於放鬆下來，她爽性坐了下來，她的手掏進自己的裙底，在絲襪和夾得出現了一道血痕的大腿之間抽出了一根菸和一個打火機。女郎扭了一下脖子，燃了菸，深深吸了一口，又慢慢地吐出來。她把菸遞給你。

你接過了菸，學她的樣子吸了一下。你覺得有一股暖流進入了體內，但身體並沒有出現什麼變化。女孩驚訝地看著你說：「嘩！你的眼睛冒煙了！」

你不知道女郎說的是陌根地的地方語，你聽不懂她在說些什麼，但你看到女郎再次笑起來，你也忍不住哈哈地大笑。你感到驚訝，因為你發現自己從沒有這樣子發笑過。你和她一起坐到木箱上。你用維利亞語問她，這裡是什麼地方？這裡是陌根地嗎？

她也用維利亞語答你：「原來你是新來的呀？」「這裡當然是陌根地，但又不完全是。你可以說這裡是陌根地的影子，它的潛意識，又或是它的夢。不然，我們也不會跑到這裡來了。」

你問跳舞女孩是否不喜歡原來居住的地方，她說：「可以說喜歡，也可以說不喜歡。很難說清楚。比如說，我還想活下去，但卻不大想做人。」

你問她，做人會否比做人偶好一點？

「嗯，我們可不是人偶，我們是機器造夢人。」

你說你不知道什麼是機器造夢人。女孩覺得這簡直不可思議。

「就是通過造夢的力量，來超越現實世界的界限，來武裝自己，把自己變成像機器一樣強大的人。你看，我們擺出不同姿勢，在這些箱子上已經站了好幾個小時。一般人可無法做到。」

你不明白。你說，能夠隨時移動，不是比不能自由活動好得多嗎？

「自由或不自由，這很難說。能夠動是一種自由，能夠不動也是一種自由。我一直以為我是一個人，但來到這裡以後，我便懷疑，誰說我不能是一頭像人那樣思考的海馬，或者是一座被迫每天點頭微笑的衣櫥？」女孩曲起一根手指，敲了敲自己的頭，「——誰知道，一直以來，不是有人把程式植入到我這裡？」

「你呢？你又是誰？」

你說，你叫做愛麗詩。

女孩問你：「是貝多芬的愛麗詩，還是在鏡中世界的愛麗詩？」

你還沒有想到怎樣回答女孩，便聽到了咚的一聲。有誰在箱子裡投進了一枚硬幣，女孩此時又重新爬上了箱子。她把另一隻抱在小腹前的手，移到了頭頂，屈曲的腿向後伸到了半空之中，身體便向前傾斜，像一隻隨時要發射的飛彈。

你離開了那一群人偶，看到半空中竟有一排清潔工人模樣的女士。她們都在胸前橫抓著一根長長的掃帚，正走在鋼索上。接下來，你突然又看見一個戴上了保全帽的裝修工人從半空中的吊車掉下來——你驚叫了聲，只見他像鐘擺一樣在空中晃動著的臉，正在向你展示一個疲乏的微笑。你發現他倒掛的身體仍懸在半空，腳踝上纏著一根把他緊緊拉住的繩索。

「這城市有許多你不知道的危險，就像許許多多森林裡等待捕捉野獸的陷阱。」

你背過身去，發現說話的是一個年輕的女人。在一個角落裡，她和一個小女孩並排坐著。女人一手捉住了女孩的手腕，另一隻手上拿著一把明晃晃的小刀，就要切向那女孩伸出來的，一條軟軟的手臂。你很驚訝，女人的表情是如此溫柔，彷彿她正要給女孩切開一個生日蛋糕。你注意到，女孩手臂上已有許多被刀劃過的痕跡。

你問她們，你們也是機器造夢人嗎？

小女孩笑著說：「我快要考入幼稚園了，母親正在加緊和我練習，如何才不會感受到痛楚——到了那一天，血便不會再從傷口處流出來。」

你從那女人的手上奪過了那一把刀，疑惑地看著刀背的光。你看著自己那條蒼白的手腕，把刀口對準了它——

30

當教授Q張開雙眼時，他正好好地躺在自己的床上，臉皮和軟熟的絲綿被廝磨著。他覺得自己好像做了一場悠長的夢，做夢的想法令他感到安慰，最少，一切都過去了。然而，隨即，他感到自己的骨頭痛得咯咯作響，並不得不一臉驚恐地叫喚起瑪利亞。教授說，他感到腦裡有一團滾燙的火焰，請妻子快點幫他澆熄。

已經換好衣服準備上班的瑪利亞重新走進房間裡，把手放在丈夫的額頭上，此時，她感到的並非擔憂，而是終於舒了一口氣。

「他最少知道自己有病了。」

瑪利亞鎮定的神色似乎對教授Q也起了安撫的作用，他安心地躺著，相信瑪利亞一定會想方法來幫助他的，不過，還沒有等瑪利亞把澆熄火焰的冰袋預備好，他便聽到催魂似的門鈴聲。

「門外有兩個郵差給你送信來了。信件似乎很重要，他們請你立即起來簽收。」瑪利亞把頭探進房間裡，她的語調那麼溫柔，教授Q卻感到那像是一道讓他背上刺痛的命令。他並不明白妻子為什麼要聯合起外人來威迫他。

「告訴他們，我身體很不舒服，什麼郵件也不接！」

然而，過不了幾分鐘，瑪利亞再次走進房間來。

「看來我搞錯了，他們不是郵差。說來奇怪，我也搞不清楚他們來自哪個部門，他們穿的衣服竟和郵差的一模一樣。無論如何，他們有正式的證件，並說你一定要跟他們去。我看你還是快起來梳洗一下，跟他們去吧。」

此時，教授Q仍然躺在床上，拉緊了被單，不願起來。

「你知道，如果你再不出去，他們就會進來慰問你了。」

「不，不要讓他們進來！」教授Q幾乎是在咆哮。然後，帶著絕望的聲線，教授Q終於說：「果然是躲不過的。讓我穿件衣服再出去。」

如果腦裡真的有一團火，燒光燒淨那些無用的垃圾，我的腦袋應該會變得更輕一些吧，但為什麼我的頭顱變得如此沉重？發熱而又沉甸甸的腦袋使教授Q感到絕望（絕望倒不是一種很壞的感覺），一旦感到絕望，他就不再恐懼了——那兩個郵差不會把一切變得更差的。正如妻子所說，站在門外的就是兩個郵差，為了對他們表示蔑視，教授Q故意不去看他們的臉，便跟著他們走出了自己的公寓。當教授Q低下頭去，追蹤著他們綠色的褲腳及擦得閃亮的皮鞋時，他的眼角瞥到了對面公寓裡的小男孩。在鐵閘後，蹲坐在地上的他的眼睛瞪得很大，似乎很開心地笑著。

兩個郵差把教授Q帶到一輛小型貨車前。教授Q看見貨車時嚇了一跳，因為它簡直就像他和愛麗詩幽會的那一輛。兩個郵差似的人物跳上駕駛室，只有教授Q獨自坐在後面的車廂裡。教授Q發現車廂的內部什麼都沒有。沒有音響，沒有冰箱，沒有沙發，只有冷硬的長凳，把教授的屁股硌得那樣疼痛。即使車廂是那麼的冷，他腦裡那團火卻是更熾熱了。他低下頭去，懊悔地發現自己穿了一條過薄的褲子。唯一使他感到安慰的是，車窗同樣是單面玻璃，街道上沒有人能看到他。

教授Q想：「我現在算是被逮捕了嗎？但沒有人給我上手銬，也沒有人看管我。或者，情況並沒有那麼糟？」

貨車向北行走。教授Q以為那些郵差會把他帶回學校，但車子在大學旁的公路上經過後繼續馳行。教授Q漸漸再也看不到密集的樓房，車子駛進了崎嶇的小路，一排樹木過後就出現了一個閃閃發亮的魚塘，魚塘上飛過一群白鷺。在越過一大片綠色的草地後，車子駛上了一個小小的山丘。山丘整個被石牆圍起來，石牆後露出了幾座歐洲式的兩面坡瓦磚屋頂。

兩個郵差帶著教授Q走到石磚圍牆的入口。那是一扇密閉式的鐵門，圍牆頂部放置有好幾部閉路電視，牆上裝有一個手掌大小的電子感應器。郵差們都有進入圍牆的電子卡片，輕拍一下，鐵門便自動開啟。圍牆內的空間比教授Q想像的還要闊大，他們要經過一大片的草坡，才能到達其中一座房子。從外部看起來，房子質料甚好，設計上也有歐洲小鎮的風情，在暖暖的陽光的照射中，教授Q幾乎覺得自己是要來這裡度假。不過，當走進昏天暗地的房子裡時，教授Q的心情又緊張起來。房子的大門關上後，室內的事物更不容易看得清楚。教授Q被安排坐了下來，好一會後，他才意識到自己身前有一張長方形的桌子，一直深入到房子內裡。桌子的另一端坐著、站著好幾個身形健碩的男人。那些人都沒有穿制服，但他們的臉看起來就像制服那樣緊繃，使人感到不能放鬆。在他們身後，落地玻璃都被黑色的布幔遮蔽起來了，因此無法看到任何風景。

一部投影機發出的亮光使教授Q不得不瞇起了眼睛。當他重新張開雙眼時，注意到男人們身後有一片慢慢降下來的大型投影屏幕。屏幕上顯示了一張陌根地的彩色地圖，但不知道是否教授Q的視力出了問題，在那張微微傾側的地圖下，似乎有著一個重影，不，是許多的重影，它們像是隱藏在一座城市之下，一群幽靈似的城市。

「你覺得這幅地圖很奇怪嗎？事實上，我們平日看到的地圖更奇怪──在這個深縱的複雜的世界裡，平面的地圖怎麼可能解釋一切？」

看教授Q一副充滿疑惑的可憐相，那個坐在中央的男人笑了笑，要他的助手換下一張投影片。現在，教授Q看到了一張風景照，那是一片藍色的大海，以及一座綠色的海島。確實，教授Q一下子感覺好多了，然而，當助手放映以其他角度拍攝的照片時，教授Q漸漸感到渾身都是冷汗。他一開始怎麼沒有認出來──那是愛麗詩處身的那座荒島！我的教堂！

不過，這一次，受了一點打擊的教授Q很快平靜下來──若他們能夠查出有關愛麗詩的事，要找到他的教堂，實在是一點也不出奇。即使占用了無人的教堂，甚至於通姦，也不至於把他關進牢裡吧？

「不必擔心，」坐在中間的那個男人似乎能夠掌握教授Q的心理，「我們很高興你**借用**了這座教堂。若不是你，我們也不會注意到，教堂很可能是一個能夠進擊影子地帶的據點。」

「怎麼樣，教授，你沒有聽過影子地帶嗎？」

「你沒有想過，罷課以後，不待在家裡，不待在學校，那些大學生都到哪裡去了嗎？沒有物資供應、沒有庇護站，他們的革命怎麼搞得成功？」

聽到罷課和革命等字眼，教授Q感到腦裡再一次有一團火燃燒起來，但卻同時聽到自己的牙關在抖顫。

「那些從你課上逃走的大學生，現在都在那裡——影子地帶，也就是說，是那群大學生們的叛亂基地。現在，我們決定好好考察你的教堂，看看是否可以作為我們一個戰略據點。」

「你是說，你們會以教堂為基地，採取鎮壓行動？」

「教授Q，小心你的用詞，我們是要採取回復社會秩序的必要措施。」

「那麼，那麼，我能夠為你們做些什麼？」

「教授。事情應該反過來說。我想知道，我們能否通過這件事，給你一點幫助。你在島上活動已有好一段日子。如果能由你引路，帶我們到島上，尤其是教堂裡做實地考察，當然最好。但反過來說，這件事，我們若不依靠你，也是可以辦得到的。不過，我們更願意和大學保持良好的關係，願意和更多人交朋友，因此，我們願意給你一個表現自己的機會，表明你和學生的叛亂無關。」

「如果是這樣的話，我可以先回教堂去，收拾一下，取回我的私人物件嗎？」

男人此時哈哈大笑了起來：「教授Q，沒有時間了，我們希望你現在就帶我們到島上去。再說，我也是結了婚的男人。有時，我也喜歡做做夢，好平衡一下苦悶的現實。但夢中發生的一切，無論如何是不能侵入現實的，如今，假借我們之手，正是毀滅你做過的夢、毀滅罪證的最好時機。」

31

有一道光影在你的臉上掠過。又或者，並沒有。你唯一可以確定的是，你目前就在維利亞島上，一座商場底層的高級咖啡廳裡。你和你的幾個女朋友已經在那些質料鬆軟、顏色夢幻的沙發上坐了許久。店裡銀光流瀉的餐具每一件都抹得一塵不染；落地玻璃因為被陽光反覆洗擦過而晶瑩剔透。你無意識地看著窗外的風景——海旁蜿蜒而行的圍欄前有許多三三兩兩的人迎風站著，他們因為夕陽的薰染而成了印象派的光點；一個拿著旅行社旗幟的領隊，像指揮家那樣指揮著他的團員向商場邁進；在更遠處五支高聳的、看不清楚旗幟內容的旗桿下，街頭表演者張開了兩手，正在把一個籃球從他的肩背上傳來傳去。川流的人群有些笑笑就走過，有些則停了下來，在他的鐵罐子裡叮叮噹噹投進許多硬幣。

一些聲響漸次隱沒。你不確定自己是否真的看到了窗外的風景，因為一下子，海旁休憩的人群竟全都消失了。你看到遠處有一團團慘黃的煙霧，其中走出了一排烏黑暗綠的生物，牠們有著鋼鐵蒼蠅的複眼，嘴巴是一個突出的口器，卻僵硬地擺動著人形的身體，正一步一步地向你們迫近。你忽然記起，你的朋友們正在期待你說出一件好笑的事，但你的腦袋現在只是被這些蒼蠅人塞滿：這些是變種的蒼蠅嗎？你不能相信，這個國際城市的衛生部怎麼從來沒有發出任何警告？你高聲叫喚，大家看看，那麼多蒼蠅正向我們走來！然而，這句話一旦離開了你的嘴唇，你便覺得它無比滑稽，而且咖啡廳裡的輕音樂好像一部無形的機器，瞬間便扭曲、改變了你的話語，並最終吸走了你的聲塵，根本沒有人聽見你在說些什麼。

你環顧自己置身的咖啡廳。這裡每一個人都有一張被暖色燈光浸泡得鬆軟而柔和的臉。光影閃動。一對銀夾子出現在你旁邊。有人正把一顆披了糖霜的草莓，小心翼翼地置於一件鮮奶油切餅的中央；戴著白手套的侍應生拿著一個不鏽鋼長嘴壺，而熱水柱正以一種不可思議的弧度傾注入咖啡濾瓶裡。你拿起眼前那一組洛可可手繪咖啡杯和小碟，你意識到，它們正在你手裡抖顫著，發出格格格格的聲響。你再次望向玻璃窗外。如今，你可以清楚看到一排蒼蠅人正以手上的黑色長棍敲打著他們另一隻手上緊緊抓住的盾牌。

黃色的煙霧更為濃烈了，你看到煙霧裡竄出了另一群人。他們趿著拖鞋，穿著居家的背心和短褲，有的還拿著湯匙和鑊蓋。有人以運動選手的姿態，投出一個蒸魚用的碟子，撲滅了其中一些煙霧。這時，好幾個頭髮束成了髻，穿著粉紅色芭蕾舞衣的暑期班女孩在窗外跑過，其中有一個跌倒在地上，便迅速被蒼蠅人包圍。她的身體被一個蒼蠅人騎住，她芭蕾舞衣的肩帶被扯開，頭上的絲帶在發抖，赤紅了的臉轉向你。有硬物一直在擊打她的頭顱，你看到血在她的頭顱下滲出——你尖叫了一聲，你跟你的幾個朋友說：「你們看，我被那些蒼蠅人壓在地上！」你話音剛落，便再次意識到，自己說出了荒誕的話來。你的朋友們哈哈地笑了起來。你一隻眼盯著她們，想要跟著她們一起發笑，但你的另一隻眼同時禁不住繼續瞟向了窗外。你看著血在地上蔓延，已經染紅了落地玻璃。

蒼蠅人用棍敲打著玻璃，不斷發出震動你耳膜的聲音。有一片玻璃裂開了！你掩上了嘴巴，用手指向他們。你希望你的朋友們終於看到了這個瘋狂的場面，但侍應把一塊蛋糕放下來，一根根叉子迅速沾上了奶油。你覺得說什麼都沒有用了，那些蒼蠅人已進入到了商場內。你看到拿著購物袋的人四處奔逃，有人還在催促售商員快點把一個脖子長長的鵝形的玻璃雕塑包好，但下一秒已被擊倒在地上。蒼蠅人很快便進入了咖啡廳，把所有人都弄得鬼哭神嚎。一個蒼蠅人朝你的方向走來，你已經被盾牌壓在地上了——有一個聲音問你，為什麼在這裡出沒？你覺得這問題真滑稽，你想笑出來，但你發現自己發出了哭腔：「我在喝下午茶啊！」然而，因為你已經倒在地上，你虛弱的聲音怎麼聽起來都像一種無法使人信服的詭辯。

盾牌稍稍放鬆，你的腦筋也似乎清醒起來，大叫大嚷道：「你們要抓的不是我，是她！」你想伸手指向外面那個芭蕾舞女孩，然而，已經有人扭住了你的臂膀，在你背後給你加上了手銬。他們大聲呼喝：別再反抗了，很顯然，你，其實就是她！你側著臉，第一次在低角度觀看這個咖啡廳——你看到許多新款的、擦得油亮的皮鞋與高跟鞋，它們慌亂起來的樣子仍然具有文明的優雅。你發現地毯非常軟，你的臉與它摩擦著，幾乎想就這樣在地毯上沉沉睡去。

這不就是一個尋常的周日，一星期裡唯一一天，你能夠暫且忘記自己的工作，好好發一下呆的日子嗎？難道在星期日裡發呆做夢，已經觸犯了最新的法例？說起來，即使是周日，不工作的時間，你總是禁不住感到一絲絲的歉疚。那就像小時候，你從芭蕾舞課裡逃出來，獨自坐在噴水池旁邊，當水珠偶爾彈濕你的臉龐，你感到那麼的快樂，但那快樂裡總有著一道罪惡的陰影。或者，你確實就是剛才那個女孩？你覺得自己有點糊塗了。你懷疑你並不是你，你是另一個人。

他們分給你一套薄薄的上衣和長褲，水渠一樣的顏色和氣味。你走過一條暗黑的通道，他們便奪走了你的名字，只分給你一個五位數字的號碼。你換上那套衣衫後，在一個荒涼的工場裡，看到無數個自己。她們低下頭去，手裡都拿著一些道路上到處可見的告示牌。禁止進入。禁止奔跑。禁止前進。禁止後退。禁止說話。禁止一切的一切。她們低下頭去，默默地製作更多的禁令。沒有人向你說明，但你知道，這裡的每一個都是你，即使所有的你都並不是你。

有人把嘴巴湊近麥克風，聲音便迅速擴張。一字排開，他們說。他們手裡拿著尺，逐一量度你們衣裙的長度。犯了規的人，小腿被打了一下，或者，被摸了一下？沒有人發出一點聲響。他們說，你們心裡不能有邪惡的念頭，你們不能隨便說話。鐘聲如果還沒有響起，你就必須留在自己的位置上。

你發現自己原來已重新回到學校裡。時間重新把你圍堵起來，而你的眼皮那樣沉重。

你四處張望，希望有人和你眉來眼去，像你一樣，期待小息的時間，可以再次尖叫、發笑、讓自己的嘴巴吐出無意義的話語；在一個畫定的空間裡，你們發足奔跑，即使，鐘聲一旦停止，你們便必須凝固自己奔跑中的姿態。你們把禁令也看成一種遊戲。你看到有人跨出了的腿收不回來、洞開的嘴巴裡有一塊未被咬開的餅乾……你們覺得彼此看起來都那麼滑稽，你努力忍住了笑，戴著風紀臂章的人卻很嚴肅的在你們四周巡查。你向她扮了一個鬼臉，你期待她會被逗笑，但她的臉貼近你的，而她說，她一定得舉報你！你終於忍不住笑了起來，這全都怪她認真的表情那麼投入！

你聽到了哨子的聲響。你和其他穿著同一式樣衣服的人來到操場上。如今，你看著一些人在踢球、一些人在散步、做體操，有些人抬起頭來，看天空雲層的變化，閉起眼睛，彷彿正在感受空氣在臉上經過。你不明白自己為什麼會在這裡，扮演囚犯的角色，正如你不明白，遊戲時間何時已經結束？你並不想笑，但你張開嘴巴，嘗試自胸腔，發出一些乾巴巴的響聲。有一個警官注意到你。你看到她僵硬的臉上，被一種恐懼籠罩著，她的一隻手摸著腰間的警棍，另一隻手抬到嘴邊，鼓起兩腮，就要吹起哨子——

你依據指示，蹲下來，雙手放在頭上。慢著，這一切是怎樣開始的？你試圖回憶起來。不，不是因為那樁學生被捕的事件，不是因為政府強硬通過後來嚴重超支的跨境大橋工程，不是因為海旁的休憩處被改建成軍營，不是因為歷史課本被刪改了，你的記憶被扭斷，不是因為又有一個反對黨員被剝奪了參選的資格，不是因為抗議者的眼睛被警察的子彈射爆了血流披面，不是因為醫院的大搜捕，不是因為被捕的人消失了三天然後被發現全都折斷了筋骨，不是因為又有一個絕望的抗議者從天台跳了下來，不是因為警局的接線生說：「你最好感到恐懼——」你閉上眼睛，你知道，萬事萬物都有它的根源，早於目下可見的一切。

你從雜物堆裡找到大學時期的一本筆記。你發現筆記本開始的部分抄寫得相當整齊，但幾節課後便突然中止了。空白的兩頁中間，夾了好幾張畫——

你想起，許久以前一個星期三的下午，你如常坐在大學某座大樓的302號房內。那個時段，你正在上一門系裡必修的文學概論課。那個課的內容抽象、空洞，表面上，每一個學生都坐在自己的位置上，但個個都魂遊太空。那時，手機的拍照功能還沒有那麼好，你像其他人一樣，在昏昏欲睡的狀態裡，勉力從講壇上教授所說的冗長的句子裡找尋重點，老老實實地抄寫在筆記本上。不過，當你把注意力由教授講課的內容，轉移到教授低垂的眼皮，以及他空洞無神的眼睛，你忽然欣喜地洞察到，站在那裡，穿著過時西裝，用領帶把自己的脖子束得氣也喘不過來的那個男人，其實並不是他的真身。

事實上，從教授不住發出的喃喃自語式的長篇大論，你早就應該察覺，那並不是活人可能發出的聲音。至於課堂裡那些半死不活的學生，他們裝模作樣地抄寫筆記的手勢、呆坐的身體，顯然也只是一種表象。那時，你忽然意識到，你每個星期準時參與的課堂，其實是一個騙局，是教授和學生們一次又一次集體偽裝的結果。它的目標，只是讓大學這個無法再刺激與創造任何新知識的機構，以一副堂皇的表象營運下去。

不過，也是此時，你意外地發現，真正的教授已經冒險潛入了夢中的狀態，對他自己做出反抗。他的雙目像變換著顏色的水晶球那樣在轉動，他的眉毛正在起飛，他投在白板上的巨大的影子正在向你發出呼喚。當他正經八百地說，翻到課本第十五頁時，他其實同時在向你們說：「難道你們真的相信，讀讀教科書就可以獲得真理？」當你注意到，課室裡有些人真的把書翻到了十五頁時，你不得不按住自己的嘴巴，不笑出聲來。

偽裝的教授繼續上課，但真正的教授，那個被踏在腳下，如今生龍活虎的影子忽然扯去了領帶，脫去了西裝外套。對於偽教授感到不耐煩的牠，手腳都撲倒在地上，嘴裡發出了一聲吼叫。你看見那個黑影長長的尾巴晃擺著，看起來像一隻貓，但牠巨大的頭顱及彎曲的嘴卻像一隻禿鷹。牠一下子躍上了書桌，又一下子從一扇打開了的窗逃到外面去。此時，你禁不住站了起來，想要窺見牠逃逸的路徑，但你注意到，其他的同學都回過頭來看著你，偽教授也盯了你一眼。你只好重新坐下來。你克制著自己，同時發現，好些同學的影子其實都已經躁動起來。牠們一個接一個，竄逃出了課室，聚集到了陽光之下。你低下頭去，發現自己的影子也在掙扎，並終於擺脫了你的身體。但你的影子沒有奔逃到課室之外，而是溜到了講台上。牠保持著和你一般的人的形狀，而且在燈光下長得格外巨大。牠毫不害羞地脫去了外衣——你注意到那微微隆起的胸部，腰的弧線，然後便是繫在腰間那種很短的，像是被剪去大片幅的傘形紗裙。那是一件貼身的芭蕾舞衣，底下是緊實的腿部線條，即使只是一個影子，仍然能看得出那種線條的硬度。那必定是經過長久的操練才能達到的肌肉狀態。

你很奇怪，雖然你小時候練習過芭蕾舞，但你一直無法做好那些「標準」的動作，因此，老師總是隨便抓起什麼便向你拋擲。你憤怒地從芭蕾教室逃走，你發誓自己死也不再回去。你不知道，你的影子何時竟背著你，偷偷苦練起那些舞步。

影子雙腳一下子繃成彎月的形狀，一隻腳提起，腳尖擦上膝蓋，重心便落在另一隻腳上。你覺得這種姿勢似曾相識，但一點也不優美。影子旋轉了起來，那是典型的pirouette，只是旋轉的速度那麼的快，影子腳尖就像電鑽，鑽進一個無法量度的深處。當影子躍起重新落下時，那一下一下地撞落地面的聲音如此巨大，砰砰，你注意到桌子上的筆記和文具都顫動起來，那種硬度幾乎就像一種強勁的機器！

其他的同學仍然呆呆地盯著講台的位置。你無法判斷，他們是否看到了牠。這時，牠的動作緩了下來。你發現牠開始脫去了頭上的假髮，袒露出整個圓圓的頭顱，看起來就像個軍人。接下來，牠迅速地脫去了舞衣，乳房便沉沉地垂掛下來。使你驚異的是，牠的兩腿之間，有一段小小的器物正在漸漸變大，像一條尾巴一樣，拖曳到地上去。尾巴一下子伸向了現實裡的教授，並且牠竟然開腔說話——你發現影子仍然保有你的聲線，牠以充滿挑釁性的語調對教授說：「你，要不要摸摸看？」

如今，你意識到影子之所以沒有離開課室，完全是為了要破壞那個仍然維持在秩序以內的課堂。你因為亢奮而渾身發熱，卻同時感到一種羞恥感向你襲來。教授的眉頭稍稍抬高了一下，但整張臉仍然保持著僵硬麻木的狀態。教授並沒有理會牠。而你害怕其他人突然發現，你就是影子的主人。你合上了眼睛，你想在閉上的眼睛背後，把一切看得更清楚。

課室裡的人都已經離開了，你發現教授正在收拾他的皮包。你們的影子各自畏縮在自己的腳下。夢的冒險已經完結了嗎？他的眼皮像加上了鉛那樣沉重，他的肢體已經被好好地隱藏在一件過時的西裝裡。你從學生的座位上站起來，試著追上教授，和他並肩而行。你們的腳步聲越來越急促。你忽然轉過臉去，突襲式地向他打了一個眼色，但你發現他竟完全地睡著了。你看著他緊閉的雙眼，覺得自己受到了侮辱。你無法接受剛剛發生的一切，竟被徹底地否定。你背過身去，你的影子也追隨著你。你們決定要追溯自己僅有的記憶，把它們塗抹在畫紙上——

時間隱藏了的一切，重新藉由畫紙向你顯現，消失了的夢從那裡伸出一隻手來，抓住了你。你記得教授的名字，並在網絡上找到了他——他仍然在同一所大學裡任教，很容易就可以查到他辦公室的地址。你從雜物堆裡找到一個印有大學標誌的公文袋，把其中一張畫放了進去。

32

陽光無聲地停在在教授Q的手背上，像一種暖體生物，包裹著他的皮膚，以及那些盛開的斑點。教授看了看它，突然才意識到，自己坐在空無一物的書房裡已經許久了。手背上的暖意使他想起了愛麗詩，不是整個的她，而是她那微微開啟的嘴唇、她在半空中伸出的手指、她手指觸碰到他的一個痛處。愛麗詩的形象在空氣裡逐點浮現，教授Q試著集中注意力，但就是無法想起她的眼睛。過了一會，教授Q感到褲襠濕了一片，他伸手摸了一下，把手指放到鼻底下。不是尿液。他稍感安慰。那是一場遲來的春雨，可惜是一場微不足道的雨，還未開始，便已經過去。

「喝一點吧。」

瑪利亞是何時走進來的？她在教授跟前放下了一個有耳的瓷杯，杯裡滿滿地盛了一種淡黃色的飲料，飲料仍冒著煙。這是什麼？教授Q想，但根本不想知道答案。他小口小口地呷著，直到把它徹底喝完，一種苦味便占據了他整個口腔。

教授Q環顧了一下空空蕩蕩的房間，覺得自己腦裡有什麼被掏空了——他一整天裡究竟做過了什麼？教授Q隱隱記得，自己早上好像獨自出門散步去了。是的，在散步的途中，他還驚訝地發現了屋苑附近新建成的一堵白色的圍牆。圍牆很高，並且無止境地向前延伸。教授Q沿著圍牆行走，看到無數肢體扭曲的老榕樹、廢棄足球場上枯黃而滿布窟窿的草坪、上演冷僻電影的舊式戲院掛著搖搖欲墜的悲傷的電影海報、臨時垃圾場上一隻流浪貓突然閃現……教授Q發現所有這些事物都爭相投射到牆上去，形成了一齣獨獨為他上演的影子戲。

教授Q覺得自己已經走得太遠了，當他猶豫著是否應該回轉時，忽然注意到兩個穿著白袍的工人，戴著以報紙接疊而成的，像反轉了的小船一樣的工作帽，正在為圍牆的其中一截漆上白油。牆壁看來雪白無瑕，工人的動作根本是多餘的。教授Q禁不住笑了起來，而這時，在他腦裡，像鏡子一樣出現的，卻是一堵灑滿了刺鼻尿液和排列了許多蹲坐著的被捕者的牆。那些低垂著頭顱的人默默無言，就像一堆被壓得扁平的黑影。

「這是什麼工程？什麼時候會完工？」

「不，不會有完成的一天。」

那是一個中年男人的聲音，但回過頭來的工人卻有著一張女性化的臉，以及異常柔軟的微笑，那笑漸漸擴散開來，像一滴血沾染了一整個池塘。當那張臉回復平整以後，教授Q便看到他（她）的眼睛，並且感到，那是一雙內裡非常擁擠的眼睛，因為有太多的訊息需要傳達，因而渙散，失去焦點。

有一股強烈的衝動，使教授想要掏出口袋裡的筆記本，記下什麼，但另外一個工人這時卻回過頭說：「不要相信你所看見的。」工人的臉使教授Q忽然記起幾年前突然失蹤的某個新聞報導員。那時，報導員正在講述某則重大的新聞，而瑪利亞正專注於分解一隻沾滿了蜜糖汁液的雞腿，教授Q的指頭伸向有一秒鐘真空的電視屏幕，卻因為一口黃痰卡在喉嚨裡而無法說話，只能任由報導員的臉在他的腦裡像遇溺者那樣漸漸發白，而那件「重大」的新聞便隨著他沉沒大海。

「你知道嗎？只要一旦有什麼出現在牆上，我們便必須立即用油漆把它覆蓋。」

那個報導員已經回過頭去，使教授Q無法好好地把那張臉記住，而且，這時，兩個工人已經同時彎下身去，把一直擱在地上的兩桶油漆直接傾潑於牆上，白色濃稠的漆油像一幅巨浪撲向牆壁，然後沿牆身，緩緩地，流到地上，漫向教授Q的腳邊，教授Q感到腦裡雜亂的一切一點一點被抹平，直至那裡只剩下一堵平面的牆，白色，未乾的油漆充滿甲苯的氣味。

一陣高昂的旋律使教授Q整個人抖了一下。

教授Q回過頭去。書房的門像一張巨大的嘴巴，卻僅僅張開了一道縫。國歌是從客廳裡傳來的，接下來就是播放新聞的時間。教授Q的耳朵靜靜張開著，不過，貫進他耳朵裡的卻只有一些雜音。過了好一會，教授Q發現公寓其實已經變得靜悄悄的，便走出了書房。電視機是關著的，瑪利亞坐在餐桌前，似乎正在處理什麼公文，但當她看到教授Q，便悄悄合上了文件。

「今天——可有什麼新聞？」教授Q沒有看瑪利亞，努力使自己的聲音不要發抖。

「沒有，今天什麼都沒有發生。」

教授Q有點不可置信地望向瑪利亞。他在沙發上坐了下來。現在，他只是聽到客廳裡掛鐘秒針跳動的聲響。那聲響如此緊迫而又可疑，彷彿是單單要向他發放的，一組不斷重複的密碼。

「瑪利亞，你可記得——我有一個朋友，叫做鷹頭貓？」

瑪利亞望著教授Q好一陣子，她的眼神如此專注，彷彿教授臉上寫了一些什麼重要的訊息。「沒有，」瑪利亞終於稍稍移開了她的目光，微笑著說：「完全沒有聽過。」

「我看，你應該少一點胡思亂想。你不是說，終身教席終於通過了嗎？這件事，你等待多少年了？我看我們今晚應該好好去慶祝一下。」

「改天晚上吧。」教授Q說：「我——我覺得好睏。」

「你精神太緊張了。我已經幫你約定大衛。下星期我陪你去做一次詳細的檢查。」

大衛？教授Q想起那些他再沒有什麼機會吃的天藍色藥丸，幾乎想要大笑起來。他知道自己並不需要大衛給予什麼幫助，但他並沒有反對妻子的提議，事實上，他也無力反對，因為教授Q此時已經悄悄地，半個身子倒在沙發上昏睡過去。瑪利亞走到他的跟前，像觀看安靜的湖面那樣注視著他，正如大衛所說，安眠藥很快便發揮效果。

瑪利亞來到睡房，從梳妝台那個上了鎖的抽屜裡，拿出了一個印著森林圖案的曲奇餅罐子。罐子裡的曲奇早已吃光了，氣味也早已煙消雲散。如今只存放著瑪利亞一些記憶標本。瑪利亞從那些年代久遠的信件、幾張字跡已經化開來的電影戲票，以及一些亂七八糟的事物中間，找出了一本薄薄的，裝訂得相當簡陋的詩集。詩集的封面上印有「鷹頭貓」三個字──瑪利亞記得，那是教授Q一段時期裡曾經用過的筆名。瑪利亞沒有打開那本詩集，而是把它帶到廚房裡去，打開了一圈爐火。居家的爐火一下子便點燃了詩集，幾點星火飛揚起來，逃逸到半空之中。帶著火翅膀的詩集卻沒有起飛，倒是被瑪利亞丟到一個清潔用的鐵桶裡去。她看著那些紙頁在火光中先是畏畏縮縮地彎曲起來，很快便變成焦黑的一團。

走出客廳，通過那扇鑲了窗花的狹小的窗口，瑪利亞看到已經變得暗黑的海灣裡，有好幾艘仍亮起了燈的船，它們那些巨大而閃亮的機械吊臂在半空中緩緩地升降。有那麼一刻，瑪利亞腦海閃過那張錯寄到她郵箱裡的地圖，她懷疑一條吊臂正伸出它的鐵掌，向公寓的方向襲來。瑪利亞閉上眼睛，好像已經準備好，和被擊倒的公寓一同死去。不，當然不是這樣。夜如此安詳，當她重新張開眼睛，便看見機械手臂已深深探進海裡去。

在暗黑的海面上，當挖泥船閃亮的獨臂重新提起來，瑪利亞覺得它就像一個新世紀的芭蕾舞者那樣，正慢慢地在環旋。瑪利亞微笑了一下，才想起自己還有一份必須完成的報告。在重新投入工作前，她再次瞥了一眼倒在沙發上的教授Q——關於那個不久以前的他的「情婦」，如今想起來，彷彿已是一個笑話。現在，她只是注意到，自己丈夫老去的頭顱，看起來就像一顆乾癟、萎縮了的蘋果。而在這個夏末的晚上，瑪利亞則感到有誰在她的耳朵裡吹進了一口氣，使得她的整個人霎時又再充盈、飽滿起來。

-1

夏季的末端立著一塊無盡頭的鐵絲網，以及許多疑惑的細眼。鐵絲網，以及沿著它爬行的有軍警巡邏的道路在上一個世紀建立時，是為了阻截北方來的偷渡客。如今，經過多次改建，物料更為堅實，但看起來反倒不再那麼森嚴了，尤其在日落以後，成列的街燈低垂著它們沉靜的眼，彷彿只是俯視著一個虛擬的界限。

自從剎難大陸與陌根地的出入境政策放寬後，邊界的性質正在慢慢改變，它被聚集在這裡的人群擴大，改變成一個不屬於任何一邊的新領域。日裡，街道被走私客疊起來的發泡膠箱、紙皮箱，以及大大小小的行李篋所占據。在他們中間，每天有幾百列火車駛過，每隔幾分鐘便會響起火車輪胎與路軌摩擦的尖澀聲音，青綠河流的臭氣一陣一陣的熏上來。

有些掩著鼻子的人低聲地議論：「該不是死人的氣味吧？」

確實，陌根地附近的海域與河道最近飄來了許多具浮屍。死者那麼年輕，豆腐一樣嫩白的雙手被繩索縛緊，手腕上的血痕已經成了瘀紫的顏色。如果有人抱起他們，就會發現他們每一個的背囊都沉甸甸的，解開來，會看見裡面泡著水的一堆磚頭，但他們的身體卻出奇地輕，輕得像只有一層皮的人形充氣玩具，一下子便會被捏得灰飛煙滅。城市裡到底有多少個深洞？有多少層的地獄？他們到底從哪裡不斷地湧出來？有人到海邊祭祀，白色的玫瑰花瓣一片片被捲進海的皺褶裡去。回答它們的是爬到沙土上去的白色泡沫，囁嚅著想說些什麼。死者都已化成了飛灰。有一團一團火被點起。死因並沒有可疑。人們的腦海裡閃現那些曾經在網絡上出現過又消失了的影片。那些揮舞著的警棍發出霍霍的聲響。那麼多倒下的身體被膝蓋、盾牌壓在地上。一大片一大片從黑夜深處湧出來的血滋長著。被拘捕的人到底到哪裡去了？有人在夢裡聽到骨肉裂開的聲音。那是一座教堂，耶穌低垂著的眼下是一排排蹲著的人，他們放在背上的雙手都被加上了手銬。是他，或她抬起頭來？人們看到那雙眼睛，像兩口水井，在很深處有發不出來的聲音在迴蕩。

愛麗詩也在這些人中間嗎？如果她被丟進海裡，消失在地平線以上，有誰會在海上飄浮的屍體中間找尋她的蹤跡？如果愛麗詩在所有事件過後，才折回教堂裡去，那麼，她會注意到，除了耶穌慈悲的像仍然好好地鑲在牆上，垂注著蒼生，教堂裡已面目全非。教授Q的書架和大量的書籍都不見了，大床、梳妝台、衣櫥，連愛麗詩原來寄身的音樂箱都不再存在，倒是有一些破爛的椅子、紙箱散落在地上。愛麗詩不小心踏在一個吃剩的飯盒上，便有好些蒼蠅嗡嗡的從那裡飛出來。

「該不是真的死了人吧？」人們繼續議論著。

有人把鈔票塞進皮篋裡，有人拖著貨物離去。那麼多硬紙箱和旅行箱裡都是些什麼？是走私的豬肉，還是仍在跳動的人體器官？是把舊瓶回收來灌進去的假酒、摻進紙碎和垃圾的假肉包子？那些站崗的警察不會過問。他們雙手交疊在胸前，無表情的臉皮底下有一種快意。律法是一座手持天秤的靜默的石膏像，而他們才是真正的執行者。他們隨時可以出動，但他們也可以選擇暫時不要。

如今，人群忽然有些異動，許多人聚集到河邊上。兩個執勤的警察便有些警覺起來。人們似乎從河道裡打撈出了什麼——他們首先看到長長的頭髮，髒兮兮的已經黏成一團，然後便是破破爛爛的衣衫下雪白的皮肉。「天啊，是女屍嗎？」當他們把她抱出了水面，她的睫毛顫動，居然微笑著張開了眼睛。有人尖叫起來，有人說：「慢著！」她的皮膚怎麼一點沒有起皺？身體也沒有發脹？有大膽的人摸了她一下，「噓！原來是玩具！」「做得像真的一樣！」於是其他人也都伸出手去，有人甚至戳了她的眼珠一下，然後哈哈笑了起來。

原本緊張起來的兩個警察聳了聳肩。他們相視而笑，許多浮起來的必須掩藏的記憶又沉沒下去。在轉身往回走時，他們其中一個低聲向他的同伴誇口說道：「即使是真正的浮屍，也有辦法把她當垃圾清理掉！」

然而，帶著笑臉挺身向前走時，他們感到自己沒有真正輕鬆起來，並且漸漸放慢了腳步。為什麼嘻嘻哈哈的人群中間忽然又傳來尖叫聲？兩個警察回過頭去，發現他們仍然包圍著那具被擱在地上的玩具。她一動不動的仰天躺臥著，在一堆破布底下，她些些碎碎地袒露出來的肉體無比蒼白，也無比逼真——他們甚至看到了她表膚底下像迷宮一樣的微絲血管，一張神秘的地圖。她的一條手臂橫展於地上，一些鮮紅的液體，那麼的亮麗，那麼的澎湃，正自她的手腕上一道細細的裂口，源源不絕地洶湧出來。

【後記】念念不忘

一部小說可能是一個潛行了許久的回音。一個在多年前投出，如今已經無法準確指認的提問，終於以這樣的方式回到了自己的手上。

二〇一一年秋天，我帶了一個故事到愛荷華參加國際作家寫作計畫，住進市裡的酒店。到了晚上，樓下的酒吧經常傳來喝醉了的人聲，露天座位旁的欄杆纏著聖誕樹一樣閃閃發亮的燈飾。我在酒店的窗前俯視這些，像俯視一個近在咫尺的夢。畢竟，彼時我也常常喝醉，或者在那家洞穴般一無所有，卻聞名於作家之間的狐狸頭酒吧，或者在高波日式餐室，和S一杯杯清酒喝下去。第二天醒來，看見擁有標準英國口音，說話永遠得體的新加坡作家隱隱皺著的眉頭，一下一下牽動了記憶清空的我無法對焦的羞恥感。

那是我人生中一段悲傷的日子，空空洞洞無處著力，在行人道上走著走著，只想坍塌在地永不再站起來——即使愛荷華城的大路，偶爾有超現實地騎著馬走過，年輕壯碩的貌美男警。一天晚上，S緊張兮兮地敲響了我的門，說她丟了錢包。錢包原來早就在警察局等待我們，而且內裡的鈔票硬幣竟已經魔法般整齊排列好在一張白紙上，鋪開成博物館的展品。自從到了美國，白天裡S總是皺著鼻子說不知道對什麼敏感，悄悄消失在作家群中，那夜她卻活了過來，在無人的街道上，高興地嚷著說：

「來，我們一起吃披薩去！」

迴蕩於夜深街頭，S豪邁的聲音是和這個小說連結在一起的，最溫暖的回憶之一，即便，我現在已無法追記，在愛荷華時，我究竟寫下了什麼，就像我無記起，在喝醉了的那些晚上，我向剛認識的人們，表演了一些怎樣的夢。那段時間裡發生的一切是那麼脆弱的存在，包括我躲在房間裡，用電腦一點點存起來的字詞。回來香港後，那些檔案大都損毀，不能復原，剩下來的，不過一個小說的標題。

然而，不是的。關於鷹頭貓與愛麗詩的故事，早就在我心裡。對於我來說，小說早就寫完了，卻又一直懸在那裡，無處著地。香港的時局天天在變化，這個故事也一直波動著，好像這城市就是鷹頭貓與愛麗詩更深的命運。

二〇一四年的占領運動，教會詩歌班一樣唱著一種「醒」過來的理想，它的音節那麼響亮，聽起來幾乎是一種絕對的道德判斷。攀緣繩索一樣沿著這種修辭來到二〇一九，一百萬人二百萬人淹沒的街道上，是更多人醒了過來嗎？但這一年，更多的人會說，他們要去「發夢」。確實，你不再相約去一場遊藝會似的和朋友結伴到遊行現場。蒙著面潛入你自以為熟悉的城市，你是否還是你自己？或者在另一個世界的反面，沒有預料的街頭，那麼多陌生的人臉，你忽然和某個夢裡的自己相遇？於是我想起本雅明所迷戀的拱廊街。對於他來說，那是一個早已逝去的世界，一個缺乏現實感的夢幻場域，但恰恰在夢與醒（waking）的辯證之間，一個物質世界與內心相遇的機緣裡，過去才突然向當下敞開，一個人才有可能抵達剎那的醒覺（awakening）。

如果說，我在這座城市裡看到鷹頭貓與愛麗詩的命運，那並非因為，人們終於從某個夢中醒了過來，而是因為，這座城市就是夢與醒的交會處。過去一再閃現，而只有那麼一瞬間，在當下的幻影裡，你覺得自己如此迫近那被遺忘了的，低聲而持續的呼喊。

國家圖書館預行編目資料

鷹頭貓與音樂箱女孩／謝曉虹著. ——初版. ——
臺北市；寶瓶文化,2020.07
面； 公分, ——（Island；301）
ISBN 978-986-406-193-8（平裝）

857.7 109008081

Island 301

鷹頭貓與音樂箱女孩

作者／謝曉虹
副總編輯／張純玲

發行人／張寶琴
社長兼總編輯／朱亞君
資深編輯／丁慧瑋　編輯／林婕伃
美術主編／林慧雯
校對／張純玲・陳佩伶・劉素芬・謝曉虹
營銷部主任／林歆婕　業務專員／林裕翔　企劃專員／李祉萱
財務主任／歐素琪
出版者／寶瓶文化事業股份有限公司
地址／台北市110信義區基隆路一段180號8樓
電話／(02) 27494988　傳真／(02) 27495072
郵政劃撥／19446403　寶瓶文化事業股份有限公司
印刷廠／世和印製企業有限公司
總經銷／大和書報圖書股份有限公司　電話／(02) 89902588
地址／新北市五股工業區五工五路2號　傳真／(02) 22997900
E-mail／aquarius@udngroup.com

著作完成日期／二〇二〇年一月
初版一刷日期／二〇二〇年七月二日

ISBN／978-986-406-193-8
定價／三二〇元

寶瓶文化事業

愛書人卡

感謝您熱心的為我們填寫，
對您的意見，我們會認真的加以參考，
希望寶瓶文化推出的每一本書，都能得到您的肯定與永遠的支持。

系列：island 301　**書名：鷹頭貓與音樂箱女孩**

1. 姓名：＿＿＿＿＿＿＿＿　性別：□男　□女

2. 生日：＿＿年＿＿月＿＿日

3. 教育程度：□大學以上　□大學　□專科　□高中、高職　□高中職以下

4. 職業：＿＿＿＿＿＿＿

5. 聯絡地址：＿＿＿＿＿＿＿＿＿＿＿＿＿＿＿＿＿＿＿＿

　聯絡電話：＿＿＿＿＿＿＿＿　手機：＿＿＿＿＿＿＿＿

6. E-mail信箱：＿＿＿＿＿＿＿＿＿＿＿＿＿＿＿＿

　□同意　□不同意　免費獲得寶瓶文化叢書訊息

7. 購買日期：＿＿年＿＿月＿＿日

8. 您得知本書的管道：□報紙／雜誌　□電視／電台　□親友介紹　□逛書店　□網路
　□傳單／海報　□廣告　□其他

9. 您在哪裡買到本書：□書店，店名＿＿＿＿＿　□劃撥　□現場活動　□贈書
　□網路購書，網站名稱：＿＿＿＿＿＿　□其他＿＿＿＿＿

10. 對本書的建議：（請填代號　1. 滿意　2. 尚可　3. 再改進，請提供意見）
　內容：＿＿＿＿＿＿＿＿＿＿＿＿
　封面：＿＿＿＿＿＿＿＿＿＿＿＿
　編排：＿＿＿＿＿＿＿＿＿＿＿＿
　其他：＿＿＿＿＿＿＿＿＿＿＿＿
　綜合意見：＿＿＿＿＿＿＿＿＿＿＿＿＿＿＿＿＿＿＿＿＿＿＿＿

11. 希望我們未來出版哪一類的書籍：＿＿＿＿＿＿＿＿＿＿＿＿＿＿＿＿

讓文字與書寫的聲音大鳴大放

寶瓶文化事業股份有限公司

（請沿此虛線剪下）

廣 告 回 函
北區郵政管理局登記
證北台字15345號
免貼郵票

寶瓶文化事業股份有限公司收

110台北市信義區基隆路一段180號8樓

8F,180 KEELUNG RD.,SEC.1,

TAIPEI.(110)TAIWAN R.O.C.

（請沿虛線對折後寄回，或傳真至02-27495072。謝謝）